白牙

傑克・倫敦 著
林捷逸 譯

WHITE FANG

好讀出版

目錄

Table of contents

第一部　荒野

第一章　追蹤獵物

漆黑的雲杉樹林簇擁在冰封河道的兩側，樹頂覆蓋的白霜剛被一陣風吹拂剝落，在逐漸消逝的光線下，它們看似相互傾抱，陰沉得令人毛骨悚然。大地盡是無垠的寂靜。這是一片荒蕪之地，毫無生氣，沒有動靜，用淒涼猶不足以形容如此的孤寂與凍寒。天地間隱含著一股竊笑之意，卻是比那淒涼的情景還要令人心驚膽顫的一種訕笑——就像斯芬克斯①陰鬱的微笑，無情而又冷若冰霜。那是無上威嚴的永恆智慧對於生命的徒勞掙扎發出的嘲笑。那就是荒野，粗暴而冷酷的北境蠻荒。

但是卻有生命大膽地踏上這片荒野之地。在冰封的河道上，一隊勇猛如狼的狗群正奮力前進。牠們豎立的鬃毛沾滿了霜雪，呼出的氣息剛一離口立刻凝結，蒸氣的泡沫落在身上形成一粒粒的冰晶。狗的身上套著皮革輓具，繫上韁繩，連結到拖曳在後方的雪橇。雪橇沒有滑板，它是用結實的樺木樹皮製成，整個底部貼在雪地上。雪橇前面是像捲軸般向上翹起，以便輾過迎面而來、宛如湧浪的柔軟積雪。雪橇上面牢牢綁著一具狹長的箱子，另外還有幾張毛毯、一把斧頭、一個咖啡壺和煎鍋；但是最顯眼的、佔據了大部分空間的，就是那一具狹長的箱子。

狗群前方，一個男子穿著寬底雪靴賣力前進。雪橇後面，第二個男子艱辛地跟著隊伍。雪橇上面，第三個男子躺在箱子裡，他的苦難已經結束——荒野已經將他征服、擊倒，直到他無法動彈，再也不能與它對抗。荒野並不歡迎活動。生命對它而言是一種冒犯，因爲生命就是活動；而荒野總是致力摧毀活動。它凍結河道不讓流水奔向大海；它逼出樹汁讓粗壯枝幹完全冰封；然而荒野最爲狂暴可怕的一面，在於它蹂躪並擊垮終將屈服的人類——那是最紛擾好動的生命，時時刻刻都在抗拒所有活動終歸休止的眞理。

但是在雪橇隊伍的前後，兩個仍未喪生的人毫無畏懼、不屈不撓地在辛苦趕路。他們身上披著毛毯和鞣製的皮革，睫毛、臉頰和嘴唇佈滿了呼氣凝結的冰珠，使得面容難以辨識。他們就像戴上了鬼魅的面具，在幽靈世界爲一個亡魂辦理喪葬事宜。但是藏在面具下的是活生生的兩個人，侵入了這片荒蕪死寂而又嘲弄生命的大地，以其纖弱的身軀投向巨大的險境，對抗著強勢的荒野，就像身處遙遠疏離、絕無生氣的萬丈深淵。

他們不發一語地前進，調節呼吸保留體力。周圍盡是一片寂靜，結結實實地壓迫著他們。就像深水的強大壓力緊縛著潛水者的身體，這般的寂靜同樣影響著他們的心智。它以難以違抗的雷霆萬鈞之勢重壓在他們身上，把他們逼迫到心智最爲幽僻的角落，好似要從葡萄榨出汁液般，它要榨出人類靈魂中的虛僞狂妄、志得意滿與過度的自我評價，直到他們認識到自己的侷限與渺小只不過如同塵埃微粒一樣；在大自然間難以察覺的元素與龐大交互作用下，人也僅是帶有微薄的狡黠與些許的智慧在行進著。

一個小時過去了，接著又是一個小時。不見陽光的短暫白晝，暗淡的天色開始褪逝，冷凝的空氣中傳來遠方微弱的嗥叫。這聲長嗥先是急驟揚升，直竄最高音階，怦然緊繃持續一會兒，然後慢慢逝去。若不是聲音充滿了悲愴的狠勁與飢餓的渴望，還眞像是流離亡魂的哀嚎。前面的男子轉過頭去，直到與後面的男子四目相接。然後隔著狹長的箱子，相互點頭示意。

第二聲的嗥叫響起，就像針一般尖銳的刺耳聲響劃破了沉寂。兩個人尋著聲音的位置。聲音來自後方，他們才剛經過那片廣闊雪地的某處。第三聲呼應的嗥叫響起，也是來自後方，在那第二聲的左邊。

「牠們跟在我們後面，比爾。」隊伍前面的那個人說。

他的語聲聽起來嘶啞而虛幻，縱使他已經盡力發出聲音。

「獵物難尋，」他的同伴回答說：「有好幾天，我連一隻兔子都沒看到。」

此後他們不再交談，但是豎直了耳朵，留意那些身後不斷傳來的追獵叫聲。

夜幕降臨，他們把狗帶到河道旁的一叢雲杉樹林，然後紮起營地。那只棺木擱在火堆旁邊，用來當作餐桌和椅子。那些兇猛如狼的狗聚集在營火的遠端，互相咆哮爭吵著，但是沒有任何一隻想要脫隊跑向黑暗。

「亨利，我覺得牠們實在很靠近營地。」比爾表示。

亨利點點頭，一邊蹲在火堆旁，在壺裡放了一塊冰讓咖啡沉澱。他沉默地拿著食物坐到棺木上面，開始吃起晚餐。

「牠們知道藏身何處才安全。」他開口了。「牠們寧可獵食，也不願變成別人的獵物，這些狗相當聰明。」

比爾搖搖頭。「喔，我可不這麼認爲。」

他的同伴好奇地望著他。「這是第一次，我聽到你說牠們不夠聰明。」

「亨利，」另一個人緩緩地嚼著嘴裡的豆子，然後說：「你有沒有注意到剛才我在餵食的時候，牠們吵成什麼模樣？」

「牠們是比平常更吵鬧。」亨利承認。

「我們有幾隻狗，亨利？」

「六隻。」

「那麼，亨利……」比爾停了一會兒，好讓他說的話得到更多注意。「就像我說的，亨利，我們有六隻狗。我從袋子裡拿了六條魚，每一隻狗給一條魚，然後呢，亨利，最後短少了一條。」

「你數錯了。」

「我們有六隻狗，」另一個人平心靜氣地重申：「我拿出六條魚，單耳沒有吃到魚。後來我回到袋子那兒再拿一條魚給牠。」

「我們明明只有六隻狗。」亨利說。

「亨利，」比爾接著說：「我不確定牠們是否都是狗，但是吃到魚的有七隻。」

亨利停止吃東西，隔著火光掃視一番，數了數有幾隻狗。

「現在只有六隻在那裡。」他說。

「我看到另外一隻從雪地上跑走了，」比爾冷靜而肯定地宣稱：「我看到了七隻。」

亨利同情地看著他，然後說：「當這趟旅途結束時，我會非常高興。」

「這話是什麼意思？」比爾質問。

「我是說我們載運的東西弄得你神經緊張，現在開始產生幻覺了。」

「本來我也是這麼想，」比爾嚴肅地回答：「所以當我看到牠從雪地上跑走時，特別注意地上的積雪，然後發現牠的足跡。你要看看這些足跡嗎？我可以指給你看。」

亨利沒有回答，只是靜靜咀嚼著，直到吃完晚餐，喝了餐後的一杯咖啡。他用手背擦一擦嘴，然後說：

「這麼說，你認爲那是……」

黑暗中傳來一聲淒厲的長嗥，打斷了才說一半的話。他停下來聆聽這叫聲，然後揮手指向聲音的方向，繼續未完的話語：「牠們其中之一？」

比爾點頭。「依我看來絕對是如此。你自己也注意到狗群傳出的爭吵。」

一聲聲的長嗥，還有呼應的叫聲，把原本寂靜的大地轉變成一片喧鬧。聲音從四面八方響起，狗群嚇得紛紛靠攏到火堆旁邊，身上的毛都被熱氣烤出焦味。比爾往火堆裡丟進更多木柴，然後點起他的菸斗。

「我覺得你有點沮喪。」亨利說。

「亨利……」他若有所思地吸著菸斗，過了一會兒才繼續說：「亨利，我在想，你我將來一定不會像他這般幸運。」

他的姆指朝下指著兩人所坐的箱子，擺明了是說躺在裡面的第三個人。

「你和我，亨利，當我們死的時候，屍體上如果可以覆蓋足夠的石塊以免被狗啃食，就算是幸運了。」

「但是我們沒有人可以使喚，沒有金錢，不像他什麼都有。」亨利接著他的話說：「這樣長距離的葬儀，你我根本負擔不起。」

「亨利，我想不透的是，這傢伙在他的家鄉也算是名門貴族，不愁吃也不愁穿，何苦跑到這被老天遺忘的世界盡頭——實在無法理解。」

「如果他待在家鄉，絕對可以長命百歲。」亨利附和說。

比爾張嘴想說些什麼，但是又改變主意。他指向四周緊緊包圍著他們的黑幕。漆黑之中看不到任何形體，只見一對眼睛像炭火般發出微光。亨利揚一揚頭指出第二對、第三對眼睛。閃爍的眼睛圍繞著他們的營地。這一對對眼睛不時移動著，或者消失片刻又再度出現。

狗群變得愈加不安，突如其來的一陣恐懼迫使牠們竄近營火，匐匍在兩個男子腳邊瑟縮著。一隻狗在混亂中被推擠到火堆旁邊，頓時發出痛苦的哀嚎，空氣中充滿牠的毛皮被燒焦的味道。這陣騷動讓周圍的眼睛慌張地移動一下，甚至還退後了幾步，但是狗群安靜下來之後，這一圈眼睛也跟著定住。

「亨利，彈藥用完眞是倒楣透了。」

比爾抽完菸斗，正幫著同伴把獸皮與毛毯鋪在晚餐前就攤在雪地上的雲杉樹枝上當作床鋪。亨利咕噥著，然後開始解開他的軟靴鞋帶。

「你說你還剩下多少彈藥？」他問。

「三發。」比爾回答：「我希望還有三百發，這樣就可以讓牠們瞧瞧我的厲害，這些該死的東西。」

他憤怒地朝著那些閃爍的眼睛揮舞拳頭，然後小心翼翼地把鹿皮軟靴擱在火堆前面。

「我還希望這驟冷的天氣趕快結束，」他接著說：「零下五十度的氣溫已經持續兩個星期了。我眞希望自己沒來這趟旅程，亨利。我不喜歡這個樣子，總覺得有些不對勁。若說還有別的願望，我希望這趟旅程現在就可以結束交差，然後你我坐在麥格瑞驛站的壁爐旁玩著紙牌——這是我所希望的。」

亨利嘀咕著爬進床舖。他才開始打瞌睡，又被同伴的聲音吵醒。

「喂，亨利，如果那個東西摸進來吃掉一條魚，那些狗爲什麼不攻擊牠呢？我百思不得其解。」

「你想太多啦，比爾。」一個充滿睡意的回答。「你以前不曾像這樣子過。你只需要閉上嘴睡覺，明天早上就恢復正常了。你的胃不舒服，這才是你要操心的。」

兩個人蓋著一條毛毯，呼吸沉重地併肩睡著了。營火逐漸熄滅，那些閃爍的眼睛縮小了包圍營地的圓圈。狗群害怕得聚集在一塊兒，每當一對眼睛走得更近的時候，牠們便發出威嚇的吼叫。有一次，牠們響亮的咆哮聲音把比爾吵醒了。他小心地爬出床舖，以免打擾同伴的睡眠，然後丟了更多木柴到火堆裡。當火焰旺盛起來，那些圍繞的眼睛便往後退了一些。他不經意地朝向那些擠作一團的狗瞥了一眼。他揉了揉眼睛，仔細瞧著牠們，然後爬回毛毯底下。

「亨利，」他說：「噢，亨利。」

亨利呻吟著醒了過來，然後問道：「又怎麼啦？」

「沒什麼，」他回答：「只是現在又變成七隻了，我剛數過。」

亨利咕噥一聲表示聽到了，然後發出鼾聲回到夢鄉。

早上亨利先醒，他把同伴也叫了起來。雖然已經六點鐘，但是還要再過三個小時才會天亮；亨利在昏暗中動手準備早餐，同時比爾捲起毛毯，把雪橇綑綁妥當。

「喂，亨利，」他突然問說：「你看我們現在有幾隻狗？」

「六隻。」

「錯了。」比爾得意地宣佈。

「又是七隻？」亨利詢問。

「不，五隻；有一隻不見了。」

「該死！」亨利怒喊一聲，放下烹煮的早餐來數狗。

「你說的沒錯，比爾。」他斷定說：「肥仔不見了。」

「一瞬間，牠就像抹了油的閃電般。甚至連一點蹤影都看不到。」

「毫無希望。」亨利說：「牠絕對被生吞下肚了。我打賭牠在落入牠們口中時一定哀嚎不已，去他的！」

「牠向來就是一隻笨狗。」比爾說。

「但是再笨的狗也不會像這樣跑出去自尋死路。」他思索的眼神打量著剩下的狗，迅速評估了每一隻的特性。「我相信其他的狗不會這樣做。」

「就算拿著棍子也無法將牠們趕離營火。」比爾同意：「我一直認爲肥仔有點不對勁。」

這就是一隻狗死在北境路途上的悼文——並不比許多其他的狗或人的悼文來得貧乏。

譯註：

①斯芬克斯（sphinx）：希臘神話中長著翅膀的女人頭獅身獸，對每個路過的人提出謎語，答不出來便會被她吃掉。

第二章　母狼

早餐吃完，簡單的野營裝備也綑綁到雪橇上，兩個人轉身離開耀眼的營火，朝向黑暗出發。四周立刻響起淒厲的哀嗥——穿透黑暗與寒冷，此起彼落的呼應著。叫聲終於停止。天色在九點鐘的時候完全放明。到了中午，南方天空染成暖洋洋的玫瑰紅，襯托出介於正午太陽與北方世界之間的起伏地勢。但是這溫暖的洋紅很快就消逝。灰濛的天色持續到三點鐘，然後天光逐漸褪去，極地夜晚的黑幕迅速籠罩住這片孤寂的大地。

當黑夜降臨，來自左右和後方的獵食嗥叫聲聲逼近——近得讓這些辛苦拖曳的狗群不斷遭受恐懼的衝擊，掀起一陣陣的驚慌。

歷經一次慌亂後，比爾幫忙亨利把狗群重新套上轡繩，然後開口說：

「我希望牠們到其他地方去玩這把戲，離開這裡別煩我們。」

「牠們很懂得恫嚇的伎倆。」亨利心有同感。

他們沒有再交談，直到紮好營地。

亨利正彎著腰爲鍋子裡煮滾的豆子添加冰塊，一聲重毆，比爾的叫喊，還有來自狗群的痛苦尖叫，讓他突然嚇了一跳。他立刻起身，看到一個模糊的形影竄過雪地消失在黑暗中。然後他看見比爾站在狗群之間，有些得意，又帶點氣餒，一隻手握著短棍，另一隻手抓著只剩半條的鮭魚乾。

「被牠吃掉半條，」他說：「但是我狠狠打了牠一記。你有沒有聽到牠的尖叫？」

「牠長什麼模樣？」亨利問。

「看不清楚。但是牠有四條腿，一張嘴和滿身毛，看起來就像其他的狗一樣。」

「我想應該是一隻馴養過的狼。」

「不管牠是什麼東西，眞是馴養得該死的好，到了餵食時間就來領牠的那份魚。」

那天晚上用完餐後，他們坐在箱子上抽著菸斗，那一圈閃爍的眼睛圍繞得比以前還要近。

「眞希望牠們會碰上一群麋鹿之類的，趕快離開我們。」比爾說。

亨利嘀咕幾聲，聽起來並不怎麼認同。兩個人默默坐著將近一刻鐘的時間，亨利瞪著營火，比爾則是看著那一圈眼睛，在火光外圍的黑暗中炯炯發亮。

「眞希望我們現在就可以趕到麥格瑞。」他又開始說。

「不要再希望了，閉上你的烏鴉嘴。」亨利生氣地大吼。「你的胃酸過多，所以才會渾身不對勁。呑一匙蘇打，可以讓你馬上舒服起來，做個討人喜歡的夥伴。」

第二天早上，亨利被比爾口中冒出來的激烈辱罵聲給吵醒了。亨利用手肘撐起了上半身，看見他的同伴在狗群裡面，就在重新添加了柴薪的火堆旁，揮舞手臂高聲痛罵，臉氣得都扭曲了。

「喂！」亨利喊著：「又怎麼了？」

「法國佬不見了。」同伴回答說。

「不會吧。」

「就是這樣。」

亨利爬出毛毯走到狗群那裡。他仔細數了一下，接著也和同伴一樣怒罵起來，斥責那些野蠻勢力又奪走了他們一隻狗。

「法國佬是隊伍裡最強壯的一隻。」最後，比爾說。

「而且還不是一隻笨狗。」亨利補了一句。

結果，這就是兩天之內的第二段悼文。

他們憂鬱地吃完早餐，把剩下的四隻狗套上雪橇。這天的行程和前幾天沒有什麼兩樣。兩個人默默地在這冰冷世界奮力前進。四周一片寂靜，除了緊跟在後那些不見身影的追獵者偶爾發出幾聲嘷叫。隨著午後的夜色來臨，追獵者一如往常步步驅前，叫聲顯得更為迫近。狗群愈加驚慌躁動，紛亂中把韁繩都糾結在一起，使得兩人更為頹喪。

「這下子可把你們這些笨傢伙給固定住了。」那天晚上比爾完成他的工作後，挺直了腰桿得意地說。

亨利放下正在烹調的晚餐過來看。他的同伴不僅將狗綁起來，而且還是印第安人用木棍綁狗的方式。他先在每一隻狗的脖子上牢牢繫著一條皮帶，再綁住一根四到五呎的木棍尾端，這端緊貼脖子讓狗的嘴巴搆不著。然後，木棍的另一端用皮繩牢牢綁在地上的木樁。狗咬不到木棍上繫在自己這一端的皮繩，木棍又阻擋牠去咬到繫在另一端的皮繩。

亨利頗爲讚許地點了點頭。

「只有這個辦法才可以綁得住單耳。」他說。「牠只需花費一半的時間就可以像利刃般咬斷皮帶。明天早上牠們應該會好端端地待在這裡。」

「你說得對。」比爾確認：「要是有任何一隻不見了，就讓我沒有咖啡可以喝。」

「牠們知道我們沒有子彈可以射擊。」就寢的時候，亨利指著那些包圍他們的閃爍眼睛說：「如果朝牠們發射幾槍，就可以讓那些傢伙敬而遠之。每天晚上牠們都走得更近一些。避開火光注意瞧——那裡！你看到那一隻了嗎？」

兩個人花了一會兒功夫專心觀察那些在火光邊緣游移的模糊形影。他們仔細盯著那對在黑暗中閃爍的眼睛，動物的身形便慢慢地浮現。有些時候，他們甚至可以清楚看見那些身形在移動。

狗群中發出的聲音引起兩人的注意。單耳正發出急促而熱切的哀鳴，扯著木棍想要衝向黑暗，又不時停下來發狂似地想用牙齒攻擊木棍。

「看那裡，比爾。」亨利輕聲說。

一隻酷似狗的動物，鬼鬼祟祟地潛行到火光下。牠謹慎而又大膽地移動，小心翼翼地觀察這兩個人，然後把注意力放在那些狗身上。單耳朝向入侵者扯緊了木棍，同時發出熱烈的嗚咽聲。

「那個笨單耳似乎並不怕牠。」比爾低聲說。

「那是一隻母狼。」亨利也低聲回應。「就是牠帶走了肥仔和法國佬。牠是狼群的誘餌，把狗引誘出去後，其他的狼就一湧而上把狗吃個精光。」

營火傳出劈啪聲響。巨大爆裂聲中，一段柴火墜落地上。這個陌生的動物聽到巨響，立刻跳回到黑暗之中。

「亨利，我在想……」比爾說。

「想什麼？」

「我在想牠就是我用棍子打中的那一隻。」

「毫無疑問。」亨利回應。

「關於這一點，我想說的是……」比爾接著表示：「這個畜牲對於營火的熟悉程度實在是不可思議，而且有一點邪門。」

「牠的確比起一般謹慎小心的狼要懂得更多。」亨利附和。「這隻狼曉得在餵食的時間隨著狗群混進來，一定是經驗老道。」

「老韋倫曾經有一隻狗跟著狼群跑了。」比爾思索著說道：「我早該知道。在小史提克的那處麋鹿牧場裡，我從狼群中射殺了牠。結果老韋倫哭得像個娃兒似的。他說班已經走失三年了，都跟狼群在一起。」

「我認爲被你說中了，比爾。那隻狼其實是一隻狗，不知從人的手中吃過多少次魚了。」

「要是讓我逮到機會，那隻裝作狼的狗就要成爲我們的肉食。」比爾宣稱。

「我們不能再失去任何一隻狗了。」

「但是你只有三發子彈。」亨利反駁說。

「我會等到機會給牠致命的一擊。」比爾回答。

第二天清晨，亨利重新添加了柴火，在同伴鼾聲的伴隨下烹煮早餐。

「你睡得正香甜。」亨利喚醒同伴吃飯時對他說：「我不忍心把你叫醒。」

比爾睡眼惺忪地吃起早餐。他發現自己的杯子是空的，於是動手去拿咖啡壺。但是壺子放在亨利身旁，伸長了手臂也搆不著。

「我說，亨利，」他客氣地責怪說：「你是不是忘了什麼東西？」

亨利煞有介事地張望一番，然後搖搖頭。比爾舉起他的空杯。

「你沒有咖啡可以喝。」亨利說。

「該不是都喝完了吧？」比爾焦急問說。

「不。」

「不然是怕它傷我的胃？」

「不。」

一股怒氣讓比爾頓時漲紅了臉。

「那麼我倒是急著想要聽聽你做何解釋。」他說。

「飛毛腿不見了。」亨利回答。

就像是對這個噩耗認命似的，比爾慢慢轉過頭去，坐在原地數著狗。

「怎麼會這樣？」他冷淡地問。

亨利聳一聳肩。「不知道。除非是單耳咬鬆了皮繩。可以確定的是，牠自己不可能辦得到。」

「該死的傢伙。」比爾壓抑心中的怒火，緩慢而嚴肅地說：「就因爲咬不到自己的皮繩，牠倒是把飛毛腿給鬆綁了。」

「哎呀，反正飛毛腿的苦難已經結束；我想這時候牠早被消化完了，隨著十幾隻滿腹飽足的狼在野地上跳躍著。」這是來自亨利的悼文，給那最新失去的狗。「來點兒咖啡，比爾。」

但是比爾搖頭。

「喝吧。」亨利舉起壺子勸他說。

比爾把他的杯子推到一旁。「我要是喝了，便是反覆無常的渾蛋。我說過，只要有任何一隻不見了就不喝咖啡，說到做到。」

「這可是好喝的咖啡。」亨利引誘他說。

但是比爾非常頑固，他吃著沒有咖啡的早餐，一邊咒罵單耳耍的伎倆。

「今天晚上我會把牠們綁得搆不到彼此。」當他們上路時，比爾這麼說。

他們才行進大約一百碼的距離，走在前面的亨利彎下腰去，撿起雪靴踢到的東西。當時天色昏暗，他看不出那是什麼，但是一摸就知道了。他朝後面扔過去，撞擊雪橇後彈跳起來，直接落在比爾的雪靴上。

「也許在你工作時可以派上用場。」亨利說。

比爾驚叫一聲。這是飛毛腿唯一留下的東西——用來綁住牠的木棍。

「牠們把牠啃得精光。」比爾說。「這根棍子就像口笛一樣乾乾淨淨，甚至繫在兩邊的皮繩都被吃掉。牠們眞是餓壞了，亨利，我想這趟旅途還沒結束前，你我可能都會被吞進肚子。」

亨利放聲大笑。「我還不曾像這樣被狼群跟蹤，但是我曾經歷過比這更糟的處境，現在還不是活得好端端的。比爾，這一小群麻煩的傢伙礙不了你的，孩子。」

「我不知道，我不知道。」比爾不祥地嘀咕著。

「算了，反正當我們進到麥格瑞，你就會知道一切沒事。」

「我覺得不怎麼起勁。」比爾依舊說。

「你看起來氣色不好，這就是問題所在。」亨利斷定。「你需要的是一點藥，只要一到麥格瑞，我會立刻給你服藥，讓你恢復強壯。」

比爾咕噥著表示並不同意這樣的診斷，然後陷入沉默。這一天仍然像其他日子一樣。九點鐘的時候天空亮起。到了十二點鐘，南方地平線的附近被未見蹤跡的太陽染成暖色，接著就是寒冷灰暗的下午，三個小時之後大地沒入黑夜。

正午微弱的陽光乍現後，比爾抽出綁在雪橇上的來福槍，然後說：

「你繼續前進，亨利，我要去探個究竟。」

「你最好緊跟著雪橇。」他的同伴反對說：「你只有三發子彈，說不準會發生什麼事。」

「現在又是誰在烏鴉嘴了？」比爾得意洋洋地問道。

亨利沒有回答，獨自緩慢前進，不時擔心地回頭張望那片不見同伴蹤影的灰暗荒野。一個小時之後，比爾抄捷徑趕到雪橇的路線上。

「牠們圍繞在四周，散佈的範圍很廣，」他說：「一直跟著我們，同時還在尋找獵物。你瞧，牠們把我們視爲囊中物，而且還知道要伺機而動。就在這段時間裡，他們對於能夠得手的食物都不放過。」

「你是說牠們認爲我們已是囊中物。」亨利不以爲然。

但是比爾沒有理會。「我看到其中幾隻。牠們十分削瘦，我想除了肥仔、法國佬和飛毛腿以外，可能已經好幾個星期沒有找到獵物；而且牠們數量那麼多，三隻狗絕對塡不飽肚子。這些狼實在是非常瘦，肋骨就像洗衣板，前胸都貼到後背。我可以告訴你，牠們非常飢餓，隨時都會發起瘋來，最好還是小心一點。」

幾分鐘之後，換到雪橇後面的亨利吹了一小聲警示的口哨。比爾回頭望去，然後悄悄地把狗停住。就在他們後方，才剛走過的轉彎處附近，清楚看到一個毛茸茸的身影快速潛行。牠用鼻子嗅著足跡，用一種獨特的輕穎步伐滑行快跑。當他們停下腳步，牠也跟著停住，從容不迫地抬起頭來注視他們，抽著鼻孔在嗅聞著、研究著他們的氣味。

「就是那隻母狼。」比爾回答。

狗群蹲伏在雪地上，比爾走過牠們與雪橇後面的同伴會合，一起盯著這隻已經跟蹤他們好幾天、毀掉半支狗群隊伍的奇怪動物。

經過一番仔細觀察，這動物向前跑了幾步。就像這樣反覆幾次後，牠來到距離短短幾百碼的附近，在一叢雲杉旁邊停下腳步，抬起頭來，透過視覺和嗅覺研究這兩個盯著牠看的男子。牠以一種不可思議的渴望眼神看著他們，像是一隻狗的模樣；但是在這渴望之中完全沒有狗的情感。那是一股因爲飢餓所產生的渴望，就像牠的利牙一般殘酷，如同霜雪一樣無情。

就狼而言，牠算是很大一隻，枯瘦的骨架顯示牠的體型在同類中應該是數一數二的。

「站起來肩頭離地將近兩呎半。」亨利如此斷定。「我相信牠的身長差不多有五呎。」

「顏色相當奇怪的一隻狼。」比爾評論著。「我從來沒有見過紅色的狼，看起來像是肉桂色。」

這動物當然不是肉桂色。牠的皮毛可是貨眞價實的狼毛，看起來主要是灰色，但是帶著淡淡的紅色調——一種難以言喻的色調，若隱若現如同幻影一般，前一刻是灰色，確確實實的灰色，接著又隱約呈現類似紅色的光澤，一種常理無法歸類的顏色。

「看起來就像是一隻巨大的哈士奇雪橇狗。」比爾說。「若是看牠搖起尾巴，我也不會覺得驚訝。」

「喂，你這隻哈士奇！」他喊著。「過來這裡，不管你叫什麼名字。」

「牠一點也不怕你呢。」亨利大笑。

比爾揮手嚇牠，還對牠大吼大叫；但是這個動物顯得毫無畏懼。他們注意到牠唯一的改變就是提高了警覺。依舊用那飢餓無情的渴望眼神盯著他們。這兩個人是鮮美肉食，而牠正飢餓難耐；假如牠有那膽量，就會立刻過來把他們吃掉。

「聽我說，亨利。」比爾輕聲耳語，因爲心裡的盤算而不自覺地壓低音量。「我們有三發子彈，可以給牠致命一擊，絕不能錯失機會。牠已經奪走我們三隻狗，應該要阻止這事情再發生。你覺得呢？」

亨利點頭表示贊成。比爾小心地從雪橇上抽出來福槍。槍托逐漸靠向肩膀，但是最後停了下來。因爲母狼立刻跳到一旁，消失在雲杉林地裡。

兩個人面面相覷。亨利若有所悟地吹了一長聲口哨。

「我早該知道。」比爾放下槍，大聲自責。「如果一隻狼懂得在餵食的時間混進狗群，也一定認識槍枝。告訴你，亨利，我們的麻煩全是牠造成的。要不是因爲牠，我們現在會有六隻狗，而不是三隻。現在我告訴你，亨利，我要宰了牠。牠太機靈了，正面對決射不到牠。我要採取埋伏的方式，若不能偷襲成功，我的名字就不叫比爾。」

「你要埋伏可別跑太遠。」他的同伴警告說：「萬一狼群撲向你，三發子彈也只能換到三聲慘叫。這些畜牲餓壞了，一但發動攻擊，牠們可是會吃掉你的，比爾。」

那天晚上，他們很早就紮營。三隻狗拖雪橇，沒辦法像六隻狗走得那樣快、那麼久，而且牠們全都顯得疲累無比。兩個人也提早就寢，比爾首先將狗綁好，讓牠們搆不著彼此。

但是狼群變得更爲放肆，兩個人不只一次被牠們從睡夢中吵醒。這些狼如此靠近，狗被嚇得魄散魂飛，人也被迫經常爬起身來添加柴火，以防那些危險的掠食者繼續接近。

「我曾聽水手們說過鯊魚會跟蹤船的故事。」有一次起身添加柴火後，比爾爬回毛毯的時候說。「這些狼正是陸地上的鯊魚。牠們比我們倆還精明，而且如此窮追不捨絕不只是爲了鍛練體魄。牠們要吃掉我們。這些狼一定會吃掉我們，亨利。」

「瞧你說這鬼話，牠們已經奪走你半條命了。」亨利怒斥說。「一個人若是這麼說就輸了大半。看看你的德性，就像是被吞了半截似的。」

「比起你我更優秀的人都曾被牠們吃掉。」比爾反駁。

「噢，閉上你的烏鴉嘴。你弄得我煩透了。」

亨利氣呼呼地轉過身去，但是比爾並沒有隨之發怒，這讓他感到非常訝異。比爾的作風不是如此，他應該很容易被尖銳的言辭給激怒。亨利在入睡前思量了許久，然後闔上眼皮，睡意朦朧之際心裡想著：「絕對錯不了，比爾非常沮喪。明天我該好好鼓勵他。」

第三章　飢餓的呼號

這一天的開始有個好兆頭。夜裡沒有任何一隻狗走失，他們精神奕奕地上路，帶著相當輕鬆的心情走進寒冷寂靜的黑暗。比爾似乎已經忘卻前一晚的不安情緒，甚至在中午的時候，雪橇在一段路況極差的雪道上傾覆，他還開起玩笑地在狗身上塗鴉。

當時的情況一片混亂。雪橇翻倒卡在一株樹幹和一塊巨石之間，他們不得不解開狗群，以便清理糾纏的場面。當兩個人彎腰扶正雪橇的時候，亨利注意到單耳正要趁隙開溜。

「喂，站住，單耳！」他吼著，同時挺直身體轉向那隻狗。

但是單耳拔腿奔向雪地，身後還拖著韁繩。在他們剛走過的遠方雪地上，那隻母狼在等著牠。單耳接近母狼時，突然變得謹慎起來。牠放慢速度提高警覺，碎步前進一段距離後停了下來，用警戒、猜疑而又渴望的眼神盯著母狼。母狼看似對牠微笑，討喜而不帶威脅地露出牙齒，嬉戲地向前移了幾步，然後停止不動。單耳依舊小心謹慎，豎直了尾巴和耳朵，昂首走近母狼。

牠想要和母狼互嗅鼻息，但是母狼嬌羞地向後退。每當牠向前一步，對方便退後一步。就這樣一步一步地，母狼將牠誘引到人類能夠提供保護的範圍之外。有一度，牠的腦海隱約閃現了警覺的念頭，回頭看著翻覆的雪橇，狗群夥伴，還有那兩個呼喚牠的人。

不管牠的腦袋想到什麼，牠仍舊著迷於眼前的母狼。母狼驅身向前，與牠短暫地互嗅鼻息，在牠重新邁步向前時又靦腆後退。

同一時刻，比爾想起他的來福槍。但是槍被壓在翻覆的雪橇下面，亨利過來幫他扶起雪橇。單耳已經和母狼走得太近，距離他們又太遠，這時候開槍過於冒險。

單耳發現自己犯錯時已經太晚。兩個人沒看清楚究竟怎麼一回事，只見單耳轉身開始朝向他們跑來。然後他們看見雪地裡衝出十多隻削瘦的灰狼，從側面攔截牠的退路。在此同時，母狼的嬌嗔與嬉戲瞬間消失，咆哮一聲撲向單耳。單耳用肩膀頂開母狼，雖然退路被截斷，牠依舊企圖回到雪橇那邊，於是轉了個方向試圖繞過狼群。更多的野狼不斷湧出，加入追逐的行列。母狼就在單耳身後一步之遙，站著不動擋住去路。

「你要去哪裡？」突然，亨利抓住同伴的手臂問。

比爾甩開亨利的手。「我再也無法忍受。」他說：「只要我能做些什麼，牠們休想再奪走我們任何一隻狗。」

他拿著槍衝進路旁的矮樹叢裡。他的企圖非常明顯。單耳以雪橇爲中心繞著圓圈逃竄，比爾想要搶在追逐的狼群之前於圓圈某處爲牠打開一條退路。在明亮的白晝下，手上的來福槍或許可以嚇退狼群，拯救那隻狗。

「喂，比爾！」亨利在他身後喊說：「千萬小心！不要冒險！」

亨利坐在雪橇上看守著，除此之外沒有別的事可以做。比爾已經離開視線，但是在矮樹叢和散佈的雲杉林木間，不時可以望見單耳忽隱忽現的身影。亨利判斷單耳是沒有機會了。這隻狗完全意識到自己的危險處境，但是牠跑在外圈，狼群卻跑在更近的內圈。不用想也知道，單耳不可能從外圍穿越追獵的狼群回到雪橇這邊。

各方路線很快便會交織在一起。亨利知道在樹林與灌木叢後的某處，狼群、單耳與比爾將在雪地上相遇。一切發生得太快，遠遠超乎他的預期。他聽到一聲槍響，緊接著又是兩聲槍響。他明白比爾的子彈用完了。隨後是一聲響亮的咆哮與哀嚎，他認得那是單耳恐懼和痛楚的吼叫，還有一聲狼嗥，顯然牠被子彈擊中。一切就此結束。咆哮聲停止，尖叫聲消失，寂靜重新籠罩在這片荒地。

亨利在雪橇上坐了很長一段時間。他不需要過去察看究竟，事情猶如發生在眼前。他曾一度激動地跳了起來，從雪橇下面猛然抽出斧頭。然而，更多時間他是呆坐著抑鬱沉思，僅剩的兩隻狗蹲伏在他腳邊顫抖不已。

最後，他疲憊地站起來，就像失去所有活力一樣，然後把狗繫上雪橇。他用繩索繞過自己的肩頭當作韁繩，和狗一起拖著雪橇前進。他沒有走得太遠。天色一暗，就立刻紮營，而且不忘準備大量的柴薪。他餵了狗，燒煮並吃完自己的晚餐，然後緊臨營火備妥床舖。

但是他注定不能安然入睡。兩眼還沒闔上以前，狼群已經接近到危險的距離，不用太費功夫就可以看到牠們。這些狼在他與營火的四周圍成一個小圈，藉由火光的照耀可以清晰見到牠們或躺或坐，或者腹部貼地向前趴著，或者前前後後到處遊蕩。有些狼甚至睡著了。雪地上隨處可見牠們如狗一般蜷伏睡覺，唯有亨利難以入眠。

他一直保持營火熾烈燃燒，因爲他知道自己的血肉之軀與牠們的飢餓利牙之間唯一的屛障只有營火。兩隻狗分別待在兩側，緊靠著他的身體尋求庇護。牠們哀嚎著、嗚咽著，只要有狼稍微走近便拼命大聲狂吠。每當他的狗開始狂吠，那一圈狼也隨之鼓譟騷動，牠們全都站了起來，試探性地向前逼進幾步，齊聲向他咆哮嗥叫。然後狼群又重歸平靜，狼隻紛紛回去繼續打盹。

但是這個圓圈不斷朝他靠攏過去。一會兒這隻狼匍匐向前，一會兒那隻狼也匍匐向前，一次一點地漸漸縮小圓圈，直到這些野獸已經接近到只有一躍的距離。這時候他會從火堆中抓起火紅的柴木丟向狼群，牠們立刻匆忙向後撤退，當他瞄準擲向一隻過於大膽接近的畜牲時，那被擊中、灼傷的野獸還發出驚恐的尖叫與狂吼。

到了早晨，亨利早已是疲累憔悴，眼神呆滯充滿睡意。他在黑暗中煮好早餐，到了九點，天色亮起，狼群退散，他開始動手執行在漫長的夜晚裡心中計畫的工作。他用砍來的幾株小樹交織成檯架，然後綁到高聳的大樹幹上。再用雪橇的綑繩充做拉索，在兩隻狗的幫助下，他把棺木拉到檯架上面。

「牠們吃了比爾，可能也會吃了我，但是牠們永遠別想把你吃掉，年輕人。」他對著高樹墓塚裡的屍體說。

然後他再度上路，兩隻狗心甘情願地拖著減輕重量的雪橇；因爲牠們也知道，自己的安危取決於是否能夠到達麥格瑞驛站。狼群現在更爲公然地展開追逐，牠們沉著地跑在後方，兩面包抄，垂吊著鮮紅的舌頭，清瘦的腹側可以看見肋骨隨著身體的動作而起伏。這些狼非常削瘦，全身只剩皮囊包裹著骨架以及纖細的肌肉——亨利心裡實在感到驚訝，牠們竟然還能站得住，沒有癱死在雪地上。

他不敢冒險在黑夜裡趕路。正午時分，溫暖的陽光不僅照亮南方的地平線，太陽的頂端也推升到天際線上，散發淡淡的金黃光芒。他看到一項徵兆。白晝變得愈來愈長，太陽正在回歸。但是當振奮人心的陽光才一消逝，他便立刻紮營。

這時候灰暗的天色還會維持幾個小時，就利用這段時間砍伐大量的柴薪。

令人恐懼的夜晚來臨了。不只是因爲這些餓壞的狼變得更放肆，缺乏睡眠也影響著亨利。他蹲在營火旁，肩上披著毛毯，兩腿之間夾著斧頭，一邊各有一隻狗緊偎在身上，終於不自主的打起瞌睡。有一次驚醒過來，他看到面前不到十多呎的距離站著一隻大灰狼，牠是狼群裡體型最碩大的一隻。即使人瞪著牠看，這個畜牲依然從容不迫地像隻慵懶的狗般伸著懶腰，打了呵欠，用佔有的眼神回望著人，就像他是一道暫時擱置的餐點，過不了多久就會把他吃掉。

整個狼群都展現出這種自信。他數了一下，足足有二十多隻狼，或是饑腸轆轆地看著他，或者平靜地伏睡在雪地上。這些狼讓他想起聚集在豐盛餐桌旁的孩童們，就等一聲令下開動。而自己就是狼群要吃的食物。他納悶著這些狼會在什麼時候、以什麼方式開動。

當他往火堆裡添加柴薪的時候，突然發出一種對於自己的身體未曾有過的讚嘆。他觀察肌肉的動作，對於手指的靈巧運作特別感到興趣。在火光的照映下，他不斷玩弄著手指，有時一根接著一根慢慢彎曲，有時五指一起張開或迅速握緊。他研究指甲的構造，時而用力、時而輕柔地戮壓指尖，估算著神經產生知覺所花費的時間。這件事吸引著他，讓他突然迷戀起自己那運作完美、順暢又精巧的微妙肌肉。接著，他畏懼地掃視了那些熱切期待的狼，頓時理解到自己奇妙的血肉身軀，在這些飢餓的動物眼裡只不過是極欲追索的餐點，即將被牠們貪婪的利牙狂咬撕裂，就像他經常獵食麋鹿和兔子塡胞肚子，自己也將成爲塡飽牠們肚子的獵物，心裡著實受到重擊。

他從近似夢魘的瞌睡中驚醒，看見那透著紅色光澤的母狼就在面前。牠坐在雪地上貪婪地望著他，距離還不到六呎遠。兩隻狗在他的腳邊嗚咽咆哮，但是母狼並不在意。牠盯著人看，他也回瞪了好一會兒。牠並沒有威嚇之意，只是帶著強烈的渴望看著他，但是他知道這般渴望是出自於同樣強烈的飢餓。他是食物，看到他就會刺激牠的食慾。母狼張開嘴巴，淌著口水，滿懷期待地舔著雙顎。

亨利感到渾身顫慄。他趕緊伸手想要抓起一根熾熱的柴火朝牠扔去。但是當他才伸出手，還沒有抓住武器之前，母狼立刻跑到安全的距離之外；於是他知道這隻母狼早已習慣被人丟擲東西。牠一邊走避，一邊吼叫，白皙的利牙直露到牙齦，渴望的神情完全消失，取而代之的是獵食者的暴戾之氣，令他驚駭不已。他瞥了一眼抓住木頭的手，瞧那手指靈巧地緊握著，它們自我調整以適應不平整的表面，環扣在粗糙木頭的上下和周圍，其中的小指太靠近燃燒的部分，便靈敏地自動避開燙手的地方，退縮到溫度較低的手握處；在此同時，眼前似乎產生一幅幻象，看到那靈敏而又脆弱的手指被母狼的白牙咬碎、撕裂。他從未如此疼惜自己的身軀，直到此刻面臨失去它們的危險。

整個夜晚，他藉著柴火擊退飢餓的狼群。每當他忍不住打起瞌睡，狗的哀嚎吠叫便會將他喚醒。早晨來臨，但這還是第一次，明亮的天光沒有驅離狼群。他徒勞地等著狼群退去，但是牠們仍舊團團包圍著他與營火，顯示出這些狼勢在必得，也動搖了晨光帶給他的勇氣。

他有一度企圖冒險開拔上路。但是一離開營火的庇蔭，那隻最大膽的狼立刻撲向他，還好跳得不夠遠。他迅速跳回到營火旁邊以自保，兇猛的雙顎只差六吋就會咬到他的大腿。這時候其他的狼也都紛紛起身湧向他，必須朝向四面八方丟擲燃燒的柴木才能將牠們嚇退到安全距離外。

甚至在白晝之下，他也不敢離開營火去砍伐新的柴木。二十呎外有一株枯死的高聳雲杉，他花了半天的時間將營火延伸到那棵樹旁，手邊隨時準備了六、七枝燃燒的柴木以便對付敵人。一到枯樹旁邊，他立刻研究起周圍的林木，以便從枯枝最多的一面將樹劈倒。

這一晚的情景和前一夜沒有兩樣，除了對於睡眠的需求已經超乎他所能控制。狗的叫聲不再發生作用，而且狼又一直在狂吼嘷叫，他昏昏欲睡的知覺變得麻木，再也無法分辨音調的起伏與強弱。他突然驚醒。母狼就在面前不到一碼的地方。在這短短的距離，他抓住時機，毫不猶豫地拿起一根火燙的柴木，直直送進母狼張口咆哮的嘴巴。牠逃竄而去，發出痛苦的哀嚎。聞到皮肉與毛髮燒焦的氣味讓亨利興奮不已，他看著母狼甩頭怒吼退到二十多呎的距離外。

不過這一回，在還沒有打起瞌睡前，他在右手綁上一塊燃燒的松木塊。他的眼睛再度闔上，但是數分鐘後就被燒到肌肉的火焰燙醒。好幾個小時裡，他一直重複這個流程。每一次被燙醒，他就用燃燒的柴火驅退狼群，同時往火堆裡添加柴薪，然後重新調整綁在手上的松木塊。原本一切運作順利，直到有一次木塊沒有綁牢，當他閉上眼睛後便從手中落下。

他做了個夢。自己猶如置身麥格瑞驛站，溫暖而舒適，正在和他的委託人玩著紙牌。夢境中的麥格瑞驛站似乎也被狼群包圍，牠們朝著每一處柵門吼叫，他與委託人偶爾放下紙牌傾聽，並且嘲笑那些狼群白費功夫、不得其門而入。接著，這個夢境眞是奇怪，竟然傳來撞擊的聲音。柵門被衝撞開了。他看見狼群湧入驛站寬闊的大廳，朝著自己和委託人直撲過來。隨著柵門被撞開，牠們的咆哮聲變得十分響亮。同時，這些咆哮讓他深感煩擾。夢境似乎正被其他東西吞噬——他不知道那是什麼；僅管如此，那持續的咆哮一直跟隨著他。

接著他清醒過來，發現那咆哮原來是眞實的。四周充斥著狂吼與嗥叫，狼群正向他侵襲而來。牠們全都圍繞身邊，踩踏在他身上，有一隻狼還咬住他的手臂。他本能地衝進火堆，過程中還感覺到利牙在腿部肌肉上瘋狂撕咬。接著展開了一場浴火奮戰。因爲厚實的手套暫時保護雙手不被燙傷，他用手鏟起火紅的炭塊撒向四面八方，整個營火看起來就像火山爆發似的。

但是這個情勢維持不了太久。他的臉頰被熱氣燙出水泡，眉毛與睫毛都被燒焦，腳底傳來的熱度也變得無法忍受。他在兩手各拿一根燃燒的柴木後衝出火堆邊緣。狼群已被逐退。凡是炭塊落下的地方，雪地燙得嘶嘶作響，每隔一陣子就有狼連哼帶叫地蹦跳逃竄，顯示灼熱的炭塊被牠踩個正著。

他把燃燒的柴木擲向距離最近的敵人，然後把戴著冒煙手套的雙手插進雪堆，又拼命踱步冷卻腳底溫度。他的兩隻狗都不見蹤影了，想必是像幾天之前從肥仔開始的一隻隻狗一樣，相繼成爲牠們的腹中餐，未來幾天之內，自己很可能就要成爲那最後的一道菜。

「你們還沒有得手呢！」他吼叫著，朝向那些飢餓的野獸兇猛地揮舞拳頭；狼群聽到他的聲音又開始騷動，紛紛狂嗥起來，母狼從雪地上溜到他附近，用饑渴的眼神望著他。

他開始著手進行剛剛想到的新計畫。他將營火擴展成爲一個大圈，然後蜷伏在圓圈裡面，底下舖著寢具用以隔離溶雪。當他隱身在火焰的遮蔽後面，整個狼群來到這一圈火的邊緣，察看他的狀況。在此之前牠們不願靠近火焰，現在就像爲數眾多的狗般緊臨著火焰圍成小圈，在這股陌生的暖意下眨著眼睛，打起呵欠，伸展削瘦的身軀。然後，那隻母狼坐在雪地上，鼻尖對著天際的一顆星發出長嗥。狼群一隻接著一隻隨之發聲，最後全都蹲坐地上，鼻尖朝天，發出飢餓的呼號。

天空破曉，曙光乍現。營火只剩低矮的火焰，柴薪已經耗盡，必須要取得更多木頭才行。男子試圖跨出火焰，但是狼群立刻蜂擁而至。柴木的餘燼只能令狼群閃避一旁，卻再也無法嚇退牠們。他使盡全力驅退狼群，但是徒勞無功。最後他放棄了，跌跌撞撞地回到火焰後方時，一隻狼朝他躍去，撲了個空，四腳落在火紅的木塊上。牠發出驚駭的哭嗥與狂吼，趕緊爬回雪地上冷卻牠的腳。

男子蹲坐在他的毛毯上，上身前傾，肩膀鬆垮下垂，頭埋在兩膝之間，顯示他已經放棄掙扎。他不時抬頭注視即將熄滅的火焰。那一圈炭火已經裂成數段，出現許多缺口。這些缺口愈來愈大，而炭火的段落卻愈來愈短了。

「我想你們隨時可以進來吃掉我。」他含糊低語。「無論如何，我要睡覺了。」

他一度醒來，就在面前的一處缺口，他看見母狼在那裡凝視著自己。

過沒多久，他又醒來，但是感覺像似過了好幾個小時。有一種神奇的變化發生了——神奇得讓他立刻清醒。某件事情發生了，最初他無法理解是什麼，然後他終於發現答案。狼群消失了。只剩下雪地上踩踏的痕跡，足以顯示牠們曾經多麼迫近到他身邊。睡意高漲，再次緊緊抓住他，頭慢慢垂到膝蓋上，又驟然驚醒。

遠方傳來人的呼叫聲，雪橇的劇烈搖晃聲，韁繩拉扯的嘎吱聲，還有使勁拖曳的狗群發出的急切低吠。狗拉著四部雪橇從河床穿過樹林來到營地。六個人在他身旁，看這蜷伏在熄滅火圈中的男子。他們把他搖醒。他像個醉漢似的瞪著他們，昏昏沉沉地咕噥著奇怪的話語。

「紅色的母狼……餵食的時候混在狗群裡面……一開始吃掉狗的食物……然後吃掉狗……接著吃掉比爾……」

「阿弗烈德大人在哪兒？」其中一個人朝他的耳朵大喊，還粗魯地搖晃著他。

他慢慢地搖著頭。「不，母狼沒有吃掉他…他正安眠在前一個營地的一棵大樹上。」

「死了嗎？」那個人大叫。

「還躺在棺木裡。」亨利回答。他生氣地甩開肩膀，掙脫質問者緊抓的手。「喂，不要煩我……我實在是累壞了……晚安，各位。」

他的眼皮抖動著，然後完全闔上。他的下巴垂到胸前。當他們把他安置在毛毯上時，冷冽的空氣中甚至響起了他的鼾聲。

但是空氣中有另一個聲音，距離遙遠而微弱。遠方傳來飢餓狼群的呼號，牠們剛剛錯失了這個人，正在追蹤著其他的獵物。

第二部　生於荒野

第一章　利牙之爭

最早聽到人類話語聲和雪橇狗低吠的是母狼；第一個從那困守營火餘燼的人類身旁飛奔而走的也是母狼。狼群不願意放棄已經到手的獵物，牠們徘徊幾分鐘後確實聽到人聲狗吠，於是才循著母狼的足跡離去。

跑在狼群前頭的是一隻大灰狼——狼群中的數名領導者之一。牠帶領狼群緊追著母狼。只要年輕的狼雄心勃勃地想要超前時，牠就會加以咆哮警告，或者用利牙教訓牠們。牠看到母狼悠悠地跑過雪地，於是加快腳步跟了上去。

母狼放慢速度跑在牠身旁，就像這是她的指定位子。她偶然一躍超越灰狼時，牠既沒有對她咆哮，也沒有齜牙威嚇，反倒是親切地跟上去——親切地讓她無所適從。因爲牠是故意跑去接近母狼，如果靠得太近，就換成母狼對牠咆哮齜牙了。她還會偶爾朝牠肩頭猛力一咬。這時候灰狼不會發怒，只是閃到一旁尷尬地跳躍幾步，拘謹的模樣像極了生澀的鄉村情郎。

這是牠在帶領狼群時遭遇的一個煩惱；母狼則有其他煩惱。跑在另一側的是隻枯瘦的老狼，毛色灰白，身上有許多打鬥留下的傷疤。牠總是跟在母狼的右側，也許是因爲牠只剩下一個眼睛——左眼。牠也迷戀地擠在母狼身旁，直到傷痕累累的口鼻獨碰到她的身體、肩膀與脖子。就像對付左側的同伴一樣，母狼對牠的熱情舉動也同樣報以利牙；但是當牠們同時獻出殷勤時，她受到粗暴的推擠，只好迅速地朝兩側各咬一口，斥退這些追求者，同時還要注意前進的方向，保持著與狼群一起向前奔躍。這時候，她的追求者會亮出獠牙，隔空咆哮互相威脅。牠們很可能就要拼鬥起來，但是迫在眉睫的是要解決狼群飢餓的問題，於是求愛與競爭只得擱置到一旁。

每次被追求的對象斥退，倉皇避開那口利牙時，老狼便用肩頭去撞那隻跑在牠右後方的三歲小狼。小狼的體格已經發育成熟，相較於飢餓虛弱的狼群，牠比多數的狼更有精神與活力。儘管如此，牠在奔跑行進時還是只能跑在獨眼長者的肩膀之後。如果牠大膽地與老狼並肩而行（這種情形很少見），就會遭到咆哮與撲咬，立刻被趕回自己的位置。然而，有時候牠會小心地退到後方，然後擠進老狼與母狼之間。這個舉動會激起兩者，甚至三者的憤慨。一旦母狼咆哮表示不悅，老狼便會轉身對付三歲小狼。有時候母狼也會和牠一起回頭撲咬，甚至左側的灰狼也加入戰局。

當小狼遭遇三方利牙猛烈攻擊的時候，牠驟然停下腳步蹲坐地上，前腳僵直，鬃毛直豎，張開大口作勢威嚇。在行進的隊伍中，前方的騷動往往會引起後方狼群一陣混亂。牠們一頭撞上小狼，生氣地狠咬牠的後腿與側腰。狼群因爲缺乏食物而脾氣暴躁，小狼無疑是自找麻煩；但是年輕氣盛的小狼信心滿滿，每隔一段時間就會玩這把戲，雖然除了不斷的挫敗，牠什麼也沒得到。

如果牠們吃飽了，有足夠的精力，也許求愛的爭鬥早就開始了，而且群體行動也會瓦解。但是狼群的處境相當危急，牠們因爲長期挨餓而消瘦，奔跑的速度也比平常慢。蹣跚跟在隊伍後面的是虛弱的一群，非老即幼。領在前面的則是最強健的幾隻，但也全都骨瘦如柴，沒有壯碩的體態。然而，除了跛了腳的狼以外，這些野獸的行動依舊揮灑自如，沒有一絲倦意。牠們強韌的肌肉似乎有著源源不絕的精力，每一次如鋼鐵般地收縮之後，緊接著又一次強而有力的收縮，一而再，再而三，完全沒有停歇。

那個白天，牠們跑了好幾哩路，入夜之後繼續馳騁。第二天狼群依舊沒有停下腳步。牠們飛奔在冰封的荒野上，沒有其他生物的跡象，只見狼群獨自穿越廣闊的沉寂大地。牠們是僅存的生物，正在尋找其他的生物以裹腹求生。

牠們翻越無數低矮的山丘，涉過十多條窪谷裡的小溪，辛苦的尋覓終於有所斬獲。牠們遇到駝鹿群，首先碰上一頭大公鹿。這次有肉食，有生物，沒有神祕的營火和飛竄的火焰設防。牠們認得那寬廣的鹿蹄和分枝的鹿角，於是拋開平日的耐性與謹慎群起圍攻。這是一場短暫而兇猛的戰鬥。公鹿被四面包圍，牠熟練地揮舉腳蹄去踢踹敵人的頭骨，用巨大鹿角去衝撞、撕扯，將牠們踩踏在雪地下掙扎翻滾。但是牠劫數難逃，母狼兇狠地咬住牠的喉嚨，其他的狼也緊緊咬住全身各處，公鹿終究倒地不起，在牠尚未完全停止掙扎，還沒傷中致命要害之前，已經被這群餓狼生呑下肚。

這是豐盛的一餐。公鹿的體重超過八百磅——這群四十多隻的狼，每一隻都可以吃到足足二十磅的肉。但是牠們可以忍受異常飢餓的煎熬，也可以極爲瘋狂地進食。不用多久，幾個小時前還在與牠們正面對峙的龐大野獸，如今只剩下幾根零星散骨。

現在牠們可以好好的休息與睡眠。塡飽了肚子，幾隻年輕公狼開始爭吵打鬥，接下來這種情形持續了好幾天，直到狼群解散。挨餓的時期已經結束，牠們現在身處獵物豐盛的地區，雖然還是成群獵捕，但是行動更加謹愼，遭遇小群駝鹿時便選擇笨重的母鹿或跛腳的老鹿下手。

終於有一天，在這豐盛的土地上，狼群一分爲二，各自奔往不同方向。母狼的左側有大灰狼，右側則是獨眼老狼，帶領著牠們那一半的狼群沿著馬更歇河，穿過湖鄉往東走。狼群的成員一天比一天減少。公狼與母狼兩兩成對離群而去。偶爾會有一隻獨行的公狼被敵手的利牙驅離。最後只剩四隻狼：母狼，灰狼，獨眼老狼，和那雄心勃勃的三歲小狼。

現在母狼的脾氣變得十分暴躁。三個追求者的身上都留有她的齒痕。但是牠們絕不會以牙還牙，也不會爲了自衛而抵抗。牠們用肩膀承受最兇猛的攻擊，搖著尾巴，踩著碎步，努力安撫她的怒氣。儘管牠們全都和善對待母狼，但是彼此之間卻是暴戾相向。三歲小狼顯得過於躁進。牠攻擊獨眼老狼失去視力的那一邊，將牠的耳朵撕碎。灰斑的老狼雖然只能看見一邊，但是牠會善用多年經驗累積的智慧去對抗年輕氣盛的對手，失去的右眼以及滿佈傷疤的口鼻足以證明牠的閱歷豐富。牠能從無數的爭鬥中存活下來，當然知道什麼時候該立刻採取行動。

這場打鬥開始時很公平，卻以不公平收場。誰也不知道原本的結果會如何，因爲灰狼加入了老狼的一方，一老一少的領導者連手攻擊充滿野心的三歲小狼，繼而消滅牠。昔日伙伴的無情利牙從兩側向牠夾擊，早已忘卻以往共同捕獵的日子、合力拖倒的獵物，以及一起承受的饑荒。那些都是過往雲煙，眼前的要務是求愛——遠比獵食更爲嚴峻殘酷的大事。

同時，導致這場打鬥的母狼心滿意足地坐在一旁觀看，甚至還以此爲樂。這是她的日子——這種機會不常有——牠們有如鬼神般的豎立起鬃毛，彼此利齒狂咬，相互撕扯皮肉，全是爲了擁有她。

在這場求愛戰爭中，首先發難的三歲小狼賠上了性命。牠的屍體兩側各站著一個競爭對手。牠們注視著母狼，而她在雪地裡微笑著。但老狼很聰明，不論是打鬥或求愛，牠都非常有智慧。灰狼轉過頭去舔著肩頭的傷口，彎曲的脖子正好朝向對手。老狼從那一隻眼睛看到大好機會。牠壓低身子直衝過去，牙齒迅速咬合。只見一道又深又長的裂口，利牙劃破了喉嚨的大動脈。然後牠縱身跳開。

年輕領導者發出可怕的咆哮，但是咆哮卻轉變成輕咳。牠身受重傷，咳著鮮血，用那不斷逝去的生命撲向老狼繼續戰鬥。牠的四肢逐漸疲乏，白晝光線令牠眼花，每一次的跳躍攻擊也變得更爲軟弱。

母狼始終坐在那邊微笑。這場打鬥讓她感到神祕的歡喜，因爲這就是野地的求愛方式，對於死者而言不過是自然界的一幕求偶悲劇。但是對於存活者而言不是悲劇，而是成就與實現。

當年輕的領導者倒在雪地上不再動彈，獨眼昂首闊步走向母狼，舉止得意而又謹慎。牠顯然認爲母狼會拒絕，但是令牠吃驚的是她並沒有怒氣衝天地齜牙咧嘴。這是母狼第一次向牠表現出和順的態度。她與牠互嗅鼻息，甚至放下身段，像小狗一樣搖著尾巴，歡喜雀躍地逗牠玩耍。而老成幹練的牠竟也像隻小狗一樣，甚至表現得有些愚蠢。

戰敗的對手，以及雪地上斑斑血跡所記錄的求愛傳奇，這些都被牠遺忘了。除了有一次，年老的獨眼停下來舔舐凝固的傷口。牠用腳掌穩穩踩著雪地，身體半蹲準備騰空一躍，喉頭發出一聲怒吼，脖子和肩膀的鬃毛不由自主地豎立起來。但是在下一刻，牠被母狼嬌羞的姿態引誘，飛撲到母狼身後，開始在樹林間相互追逐，那一切又被拋在腦後。

此後牠們就像知心的好友般並肩奔馳。日子一天天過去，牠們結伴獵捕，共同撲殺獵物裹腹。一段時間後，母狼開始焦躁不安，好像在尋找某個找不著的東西。傾倒樹幹下的空洞似乎吸引了她，她還花了許多時間到處嗅聞著岩塊間的積雪裂縫和高堤上的洞穴。獨眼對此完全不感興趣，但也好脾氣地陪著她四處尋覓，若是母狼在某些地方停留特別長的時間，牠會躺在一旁等她準備再度上路。

牠們並非逗留在同一個區域，而是穿越鄉野一直回到馬更歇河，然後順著河岸緩慢前進。牠們經常會沿著支流小溪追捕獵物，不過最後總是回到主河道。一路上偶爾會遇見其他的狼，而且通常是成雙成對的，但是彼此沒有善意的互動，也沒有重逢的喜悅，更沒有恢復往昔成群結隊的渴望。有幾次碰見獨行的狼，而且都是公狼，牠們會熱切要求加入獨眼與牠的伴侶。這讓獨眼感到生氣，母狼會和牠肩並肩站在一起，豎起毛髮咧齒威嚇，令那些心懷渴望的獨行者知難而退，轉過身繼續牠們的孤單之旅。

在一個明月皎潔的夜晚，牠們靜悄悄地穿過樹林。獨眼突然停下腳步。牠高舉鼻尖，挺直尾巴，張大鼻孔嗅著空中的氣味，像狗一樣抬起一隻腳。牠仍充滿疑慮，繼續嗅著氣味，試圖理解其中傳達的訊息。這無心的一嗅卻讓牠的伴侶如願以償，母狼向前小跑幾步，試著消除牠的疑慮。雖然跟著母狼向前走，牠心裡仍是半信半疑，偶爾還是忍不住停了下來，小心研究著空氣中傳達的警訊。

她躡手躡腳地來到樹林中一大片空地的邊緣，獨自在這兒駐足了好一會兒。接著，獨眼提高全身警戒，充滿疑惑地匍匐到她身邊。牠們站在一起，觀望、傾聽、微笑著。

牠們耳中傳來狗群的爭吵與打鬥，男人粗聲的吆喝，女人刺耳的責罵，有時還有一個小孩的尖聲哭鬧。放眼望去，最明顯的是那幾座皮革小屋的龐大輪廓，以及火光中穿梭走動的身影，還有寂靜天空中緩緩上升的一縷炊煙，除此之外看不到什麼。牠們嗅到了來自印第安人營地的各種氣味，訴說著獨眼無法理解的故事，卻是母狼再熟悉不過的點點滴滴。

母狼不可思議地騷動起來，帶著逐漸高漲的興奮情緒不斷朝空中嗅著鼻子。獨眼卻是滿腹狐疑，顯得相當憂慮，於是舉步打算離開。母狼轉身用鼻尖觸碰牠的脖子，平撫牠的不安，然後又回頭注視著營地。她的臉上浮現出一種未曾見過的渴切神情，但全然不同於挨餓時的渴切。心中的一股慾望令她渾身戰慄，激勵著她向前走近那處營火，加入狗群的爭吵叫囂，閃躲人們的踉蹌腳步。

獨眼在她身旁焦躁地走動。母狼的不安重新湧上心頭，再次感覺迫切需要找到自己在搜尋的東西。她轉身跑向森林，獨眼如釋重負，牠領在母狼前頭，直直走向林地深處。

月光下，牠們無聲無息地像魅影般潛行到一條小徑，雙雙低頭嗅著雪地上才剛留下的足跡。獨眼小心翼翼地走在前面，母狼跟在身後。牠們擴張寬廣的腳掌，像天鵝絨般輕輕觸踏在積雪上。獨眼在一片雪白中看見一個模糊的白影。原本敏捷移動的輕巧步伐轉而成爲大步狂奔。牠所發現的模糊白點正在眼前跳躍逃竄。

牠們跑在兩側長滿小雲杉的狹窄路徑上。穿過林地，可以看見小徑出口通往月光照亮的林間空地。獨眼拔腿追趕逃逸的小白點，一躍一躍地眼看就要追上，只差猛力一跳就可以用牙齒深深咬進牠的身軀。但是這最後的一擊並沒有發生。小白點直直往上騰空而起，原來是一隻活蹦亂跳的雪兔，正高掛在頭頂半空中扭動掙扎，再也回不到地面。

獨眼心頭一驚，哼著鼻息向後彈開，心生畏懼地低伏在雪地上，對這可怕的奇怪東西厲聲咆哮。母狼卻冷靜地擠過牠的身旁，蹲好腳步，然後朝那掙扎的兔子縱身一躍。雖然她也跳得很高，但還搆不著那高掛的獵物，牙齒猛然咬了個空。她再跳一次，接著又一跳。

獨眼慢慢站了起來看著母狼，對於她不斷失敗感到不悅，索性自己過來往上奮力一躍。牠咬住兔子拉回地面。然而就在此刻，身旁響起莫名的清脆聲音，牠吃驚地看見一株彎曲的雲杉幼枝朝著自己頭頂直擊過來。獨眼立刻鬆口放掉獵物，返身撲倒躲避這陌生的危險。牠露出滿口的利牙，發出低吼的咆哮，恐懼與憤怒讓牠全身毛髮直豎。這時細長的枝條向後彈回高處，兔子又重新高掛空中扭動掙扎。

母狼非常生氣，她用利牙咬住伴侶的肩膀加以斥責。驚魂未定的獨眼還以爲是來自某處的襲擊，驚恐地加以猛烈回擊，撕咬她的臉頰。母狼沒想到牠會對這舉動斥責動怒，也帶著怒吼朝牠撲去。獨眼發現錯誤後嘗試安撫她，但是母狼不斷對牠全身施以處罰。獨眼用盡一切方法安撫自己的伴侶，牠繞著圈子，撇過頭去，用肩膀承受母狼利牙的嚴懲。

這個時候，兔子在牠們上空一直掙扎。母狼坐定在雪地上，獨眼現在對於伴侶的畏懼更勝於那株神祕的小樹，於是再次一躍而上攫取兔子。當牠把獵物咬在口中時，眼一直盯著那根枝條。就像上次一樣，枝條跟著垂向地面，但是這次牠緊咬著兔子不放。結果預期中的一擊並沒有落下，小樹仍舊垂吊在頭頂。牠一動，枝條跟著動，牠咬著牙對它發出悶吼；當牠站定了，枝條也靜止，於是牠認爲最好保持不動比較安全。但是口中兔子溫熱的鮮血，嚐起來滋味好極了。

牠發現自己陷於窘境，還是母狼過來幫牠脫的困。她從獨眼口中叼走兔子，雖然小樹還在頭頂上垂晃威脅，她從容地咬斷兔子的頭。小樹立刻彈回空中，好端端地挺立在它應該生長的位置，再也沒有造成麻煩。於是，母狼和獨眼狼吞虎嚥地吃掉神祕小樹爲牠們捕捉的獵物。

還有許多兔子高掛在其他的小徑上，這對狼夫妻逐一找出牠們，吞食下肚。母狼領在前面，獨眼跟在身後仔細觀察，學習如何從陷阱中掠取食物——這種知識在未來的日子裡大有用處。

第二章　狼窩

母狼和獨眼在印第安人營地附近徘徊了兩天。獨眼一直在擔心憂慮，然而牠的伴侶深受營地吸引，不願離開。直到一天早晨，近在咫尺的一聲來福槍響劃破天際，子彈擊中距離獨眼不到幾吋的樹幹上，牠們不再遲疑，邁開大步狂奔了好幾哩，遠離那危險之地。

幾天的旅程中，牠們並沒有走太遠。母狼急於搜尋她要找的東西。她的體態變得更爲豐腴，只能慢慢奔跑。有一次在追捕一隻兔子，平常來說是輕而易舉的事，她卻不得不半途中止，躺下來休息。獨眼走到身邊，用鼻尖輕柔地觸碰她的脖子，母狼竟迅速地朝牠猛然咬去。獨眼爲了閃避她的牙齒，一個踉蹌往後跌得四腳朝天，留下一副滑稽的模樣。母狼的脾氣比以往更粗暴，但是獨眼卻變得更爲容忍、愈加關心。

然後，母狼發現了她要尋找的東西，那是在一條小溪上游幾哩的地方。夏季時，小溪流水會匯入馬更歇河，但此時溪水表面到溪底岩床全都冰封著——一條從源頭到溪口徹底凍結的皓白死溪。獨眼精神奕奕跑在前頭，母狼拖著疲倦的腳步獨自跟在後面，偶然見到一處高聳的土堤溪岸。她轉身跑到土堤前。歷經春天時暴風與融雪的侵蝕，溪岸一處狹窄裂縫被沖刷形成一個小洞穴。

她到洞口停了下來，小心檢視土牆，又沿著牆角跑到土牆隆起的兩側查看。

回到洞穴後，她鑽進狹窄的洞口。低矮的入口只有三呎高，母狼必須蹲伏著身子才能通過，洞穴裡面較爲寬敞，略爲挑高，是一個直徑約六呎的小圓室。洞頂只比她的頭高一點，裡面乾燥而舒適。母狼仔細檢查洞穴裡面，這時候已經折返的獨眼站在洞口耐心看著她。母狼低下頭，鼻尖朝地一路嗅到自己併攏的腳邊，然後在這處繞了幾圈；接著她疲倦地輕嘆一口氣，蜷伏身子，放鬆四肢，頭朝洞口躺了下來。獨眼關心地豎起耳朵對著她笑，透過身後明亮光線的剪影，她看見牠溫順地搖著尾巴。母狼縮起耳朵，耳尖朝後緊貼著頭，張開嘴巴，溫和地吐露舌頭，藉此表達她的喜悅與滿足。

獨眼覺得餓了。雖然牠躺在洞口睡覺，卻睡得斷斷續續。四月的豔陽照耀在雪地上，牠不時清醒過來，豎起耳朵注意外面明亮的世界。當牠打盹的時候，耳中傳來地底涓流的潺潺水聲，於是牠便醒來專心傾聽。陽光重回了大地，甦醒的北方世界正在召喚著牠。生命開始紛擾騷動。空氣中迴盪著春天的氣息，雪地下感覺得到生物滋長，猶如樹林的汁液向上湧升，嫩芽衝破冰霜的枷鎖而綻放。

牠焦急地瞄了伴侶一眼，但是她一點也不想起身。獨眼看著外面，五、六隻雪雀振翅飛過牠的視野。牠撐起前腳打算起身，回頭看了看母狼，然後又躺下去，繼續打盹。耳中傳來一陣細小尖銳的蟲鳴。一次，兩次，牠用腳掌慵懶地抹一抹鼻尖，然後醒了。原來一隻蚊子在牠鼻子附近嗡嗡飛舞。這是一隻成蚊，整個冬天被冰封在一段乾燥的木材裡，如今被陽光暖意釋放出來。牠迫不及待迎向世界的呼喚。此外，牠也餓壞了。

獨眼爬到伴侶身邊嘗試說服她起來。但是母狼只是對著牠咆哮，於是牠走向外面的耀眼陽光，獨自踏著鬆軟的積雪賣力出發。牠來到冰凍的溪床，這裡的積雪在樹林的遮蔽下依然硬實剔透。在外面晃盪了八個小時，獨眼穿過黑夜回到洞穴，這個時候牠比出發前還要感到飢餓。牠曾經發現獵物，但是並沒有追捕到。當雪兔一如往常輕盈地跳躍在雪面時，牠卻陷在融解的積雪裡，濺得一身泥濘。

牠停在洞口，一陣困惑頓時來襲。洞裡傳來微弱而奇怪的聲音，這不是母狼發出的聲音，卻又彷彿似曾相識。牠腹部貼地小心地爬進裡面，迎向牠的是一聲母狼警告的低吼。牠平靜地接受她的警告，保持一定的距離，但是對那些聲音仍然相當好奇——那些微弱而含糊的嗚咽聲。

母狼暴躁地趕牠走開，於是牠蜷曲在洞口睡覺。當早晨來臨，洞窩裡瀰漫著微亮的光線，牠又開始尋找那聲音的來源。母狼的低吼警告多了一種新的聲調，那是提防的聲調，於是獨眼謹慎地保持在一定距離之外。然而，牠還是辨認出五團奇怪的小生物，藏身在母狼的前後腿間，依偎在她的身上，看起來非常虛弱，非常無助，閉著眼睛發出細微的嗚咽。獨眼感到驚訝。在牠漫長而順遂的生涯裡，已經不是第一次見到這樣情景。牠曾經歷過許多次，然而每一次對牠來說都是同樣的新鮮與訝異。

母狼焦慮地看著牠，每隔一陣子便發出低吼，只要發現牠似乎靠得太近，便從喉嚨爆出尖銳的咆哮。在母狼本身的經驗裡雖不曾遇過；但是來自她的直覺，如同所有狼媽媽的共同經驗，記憶裡的印象是公狼會吃掉自己幼弱的新生兒。這在她心裡形成強烈的恐懼，促使她提防著獨眼更靠前來檢視自己的孩子。

其實危險並不存在。獨眼自己也感到一股衝動，一種與生俱來、所有狼爸爸共有的天性。牠並不懷疑，也不因此感到困惑。這是牠存在的本能，也是最自然的一件事，牠應該要遵守，就是必須離開自己新生的幼兒，出外獵食藉以維生。

距離狼窩大約五、六哩處，小溪一分爲二，分岔的支流呈直角各自流向山嶺間。獨眼順著左邊的支流走，看到一道剛留下的足跡。牠嗅了一下，發現足跡還很新鮮，於是迅速蹲下身，瞧著足跡消失的方向。然後，牠謹愼地轉過身去選擇右邊支流的方向。那個足跡比牠自己的還要大上許多，因此牠知道隨著那個足跡不會有什麼收穫。

沿著右測支流走了半哩路，牠靈敏的耳朵聽見牙齒啃咬的聲音。牠悄悄靠近目標，發現一隻豪豬直挺挺地趴在樹幹上，啃著樹皮磨牠的牙齒。獨眼小心靠近卻也不抱希望。牠知道這種動物，但是從未在這遙遠的北方見過；而且在牠漫長的歲月中不曾獵食過豪豬。但是長久以來牠也學到有一種東西叫做運氣或者良機，於是牠繼續走近。誰也說不準會發生什麼情況，因爲動物每次遭遇的結局都會不同。

豪豬將自己捲成一團圓球，向四面八方伸展長長的尖刺抵禦攻擊。獨眼想起年輕的時候，曾經太過靠近去嗅聞像這樣一團動也不動、帶刺的圓球，那團圓球的尾巴突如其來地揮擊在牠臉上。牠的臉頰扎著一根尖刺落荒而逃，讓牠火辣疼痛了好幾個星期，直到尖刺自己鬆脫。於是牠調整姿勢，輕鬆地蹲伏在地上，鼻尖離牠足足有一呎遠，避免那尾巴掃到自己。獨眼安靜無聲地開始等待，無法預期會發生什麼事。豪豬也許會把身體舒展開來，到時候就可以矯健地一躍而上，用利爪撕裂牠柔軟無刺的腹部。

但是半個小時之後牠站起來，對著那動也不動的圓球大聲怒吼，然後跑開。以前牠常這樣等待豪豬自己舒展身體，卻只是徒勞無功，因此牠不想再繼續浪費時間。牠沿著右側支流走。時間不斷流逝，牠什麼都沒有捕捉到。

心中復甦的父性本能不斷催促著，牠必須要獵捕到食物。那天下午，牠無意中發現一隻松雞。來到一處灌木叢前，獨眼發現面前一隻昏沉的鳥禽坐在木頭上，距離自己的鼻尖不到一呎。牠們互相對視。松雞驚慌飛起，卻被牠一掌打落雪地上，急奔亂跑，準備重新飛回空中。獨眼猛撲過去，將松雞咬在口中。當牠的牙齒嵌進柔嫩的肌肉與爽脆的骨頭時，牠很自然地想要把牠吃掉。這時牠想起窩裡的幼兒，於是轉過身去，叼著松雞啓程回家。

距離小溪分岔處一哩的地方，獨眼一如往常邁著輕盈的步伐，飛掠的身影越過雪地，同時細心留意著任何新的獵物蹤跡，然後牠看到稍早發見的碩大足跡所留下的新腳印。牠循著足跡而走，隨時準備在下一個溪流轉彎處遭遇那腳印的主人。

在一處河道特別彎曲的地方，牠從岩石角落探頭觀望，銳利的雙眼所看到的東西令牠立刻蹲低身體。那是一隻身形龐大的母山貓——那些腳印的主人。牠就像獨眼早先時候一樣蹲伏在地上，眼前是一團緊緊蜷縮的帶刺圓球。若說獨眼先前猶如飛掠的身影，那麼現在牠便像似鬼魅，躡手躡腳地繞過靜靜不動的對峙雙方，躲藏在下風處。

牠趴在雪地上，將松雞放在身旁，從一株低矮雲杉的後面透過針葉細縫觀看眼前這齣求生大戲——耐心等待的山貓與豪豬，雙方都在力求生存。這也是狩獵的奇妙之處，一方的生存有賴於吃掉對方，而另一方的生存維繫在逃過被吃。至於獨眼，一隻藏在暗處的狼，也在這場獵食中扮演了一角，等待意想不到的良機幫牠取得獵物，這是牠的生存之道。

半個小時過去，一個小時了；什麼事都沒有發生。帶刺的圓球或許早已化成石頭，山貓大概凍成大理石了，而獨眼看似已經麻木。其實三者處於近乎痛苦緊繃的求生狀態，除了幾乎僵化的外表，牠們很少像現在這樣內心澎湃。

獨眼稍微移動一下，更加熱切地向前凝視。情況有了變化。豪豬認爲牠的敵人終於離去，於是緩慢謹慎地解開那難以攻破的圓形盔甲。並沒有發生預料中的攻擊。牠慢慢地、慢慢地伸直身體。獨眼觀望著，突然之間不禁口水直流，眼前伸展的生鮮活肉如同一道饗宴，激起了牠的食慾。

豪豬尚未完全伸直身體便發現了敵人。山貓在這一刻發動快如閃電的攻擊。宛如猛禽的勾爪襲向豪豬柔軟的腹部，再一個快速收回的撕扯動作。倘若豪豬的身體已經完全伸展，或者牠沒有搶先一秒發覺敵人，山貓的腳掌必然毫髮無傷；但是豪豬的尾巴在牠縮回腳掌時往旁一掃，扎上好幾根尖刺。

所有情況都發生在一瞬間——攻擊、還擊、豪豬痛苦的尖叫、山貓意外受傷的驚吼。獨眼激動地半蹲著身體，豎直耳朵，身後的尾巴直挺顫抖。山貓怒不可遏，狂野地撲向那弄傷牠的東西。但是豪豬不斷尖叫哀嚎，將虛弱撕裂的身軀努力縮成抵禦的圓球，再次甩動尾巴；山貓也再度受傷而發出狂吼。大貓退下陣來，一直打噴嚏，鼻子被許多尖刺扎得就像一個巨大的針墊。牠用腳掌撥弄鼻子，想要移除那些扎得火熱疼痛的尖刺，又將鼻子插進雪堆，或者往樹枝上來回磨擦，在極度的痛楚與驚恐下，不斷前後左右地來回蹦跳。

牠連打了好幾個噴嚏，短短的尾巴竭盡全力猛烈而快速地拍打地面。然後牠停止這些誇張的舉動，平靜了好一會兒。獨眼繼續觀望。山貓突然毫無預警地跳躍到半空中，同時發出恐怖至極的長聲哀嚎，連獨眼都不由自主地心頭一顫、寒毛直豎。接著山貓便沿著小徑飛竄離去，每跳一步都發出一聲尖叫。

直到山貓的喧鬧聲完全消失在遠方後，獨眼才大膽地走出來。牠小心翼翼踏著腳步，彷彿雪地上遍佈著矗立的尖刺，隨時可能刺傷柔軟的腳掌。豪豬眼見牠步步進逼，狂咬著長長的牙齒怒聲斥喝。牠設法蜷曲身體，但是全身肌肉嚴重受傷，沒有辦法再縮成緊實的圓球。牠的身體幾乎被撕裂成兩半，而且不斷冒著鮮血。

獨眼用嘴鏟了幾口沾染血跡的雪咀嚼著、品嘗著，然後吞下去。這就像一道開味菜，令牠食慾大增；但是飽經世故的牠不會忘記要謹慎行事。牠蹲在一旁耐心等待，看著豪豬咬牙切齒、低聲哀嚎，不時發出幾聲微弱的尖叫。才過一會兒，牠注意到豪豬的尖刺逐漸下垂，全身開始激烈顫抖。突然之間，顫抖停止了，長長的牙齒發出最後的碰撞聲響。接著尖刺完全垂落，身體鬆弛，再也不會動彈。

獨眼畏縮不安地伸出腳掌，把豪豬的身軀撥直、翻平。完全沒有動靜，牠的確死掉了。牠存細研究了一會兒，然後小心地用牙齒咬住，歪著頭避免踩到那一身的尖刺，半叼半拖著沿著小溪而下。牠想起了一件事，於是放下口中的重擔，跑回遺留松雞的地方。牠非常明白自己要做的事，毫不猶豫地大口呑掉那隻松雞，再回去叼起豪豬。

當牠拖著這一天的狩獵成果回到窩穴，母狼檢查了獵物，然後鼻尖轉向獨眼，輕柔地舔了舔牠的脖子。但是轉眼間，她立刻發出低吼警告牠離開幼兒，不過這次不如以往的那般嚴厲，反倒像是表達歉意而非威嚇。她本能對於孩子父親的恐懼逐漸淡化。牠表現了狼爸爸該有的行爲，而且顯示牠對母狼爲牠帶來世上的這些幼小生命並沒有非份之想。

第三章　小灰狼

牠與自己的兄弟姊妹不一樣。牠們的毛色顯示出母親遺傳的那種紅色調；唯獨牠與眾不同，承襲了父親的毛色。牠是這窩幼狼裡唯一的小灰狼，牠擁有純正的狼族血統。事實上，牠完全繼承了獨眼的生理特徵，只有一項例外，那就是牠有兩隻眼睛，而牠的父親只剩一隻。

小灰狼的眼睛才剛睜開沒有多久，但已經可以看見東西。當牠閉著眼睛的時候，就利用感覺、味覺和嗅覺。牠對自己的兩個兄弟和兩個姊妹已經相當熟悉，開始搖搖擺擺地與牠們一起嬉鬧，甚至發起脾氣爭吵時，小小的喉嚨會顫動發出奇怪的尖銳聲響（這就是咆哮的前身）。早在眼睛還沒有睜開以前，牠便藉由觸碰、嘗味和嗅聞來認識母親——一個溫暖、親切和流質食物的來源。她有一條溫柔慈祥的舌頭，舔撫牠幼嫩的身軀，帶來平撫與安慰，促使牠緊偎身旁讓牠安然入睡。

就這樣，牠生命中的第一個月大多是在睡眠中度過；不過牠現在可以看得更清楚了，清醒的時間也更長，並且開始瞭解牠所生長的世界。牠看到的是昏暗的世界，但是牠並不懂，因爲牠還不認識另外的世界。周圍只有朦朧的光線，然而牠的眼睛還不需要適應其他的光線。牠的世界非常小，狼窩的土牆就是界限；只是牠還不知道外面的廣闊世界，所以不會因爲空間狹小而感到侷促。

牠早已發現在自己的世界中，有一面牆和其他土牆不一樣。那是光線來源的洞口。遠在牠有自己的思維和意志以前，就已發覺它的不同。在牠尚未張開眼睛看見它時，這地方對牠已經產生難以抗拒的吸引力。光線照在緊閉的眼瞼上，眼球與視覺神經感受到如火花般的短暫閃光與溫暖色彩，因而產生莫名的喜悅與悸動。牠身體的每一個細胞與活力，以及構成身體元素的生命力，始終嚮往著趨向這道光線，就像植物巧妙的化學作用般趨向太陽。

一開始，當牠還未萌生意識以前，總會朝向洞口爬去。牠的兄弟姊妹也是如此。在這個時期，牠們沒有任何一隻會爬向黑暗的窩穴後方。牠們像植物般被光線牽引，身體裡的化學反應索求著陽光，視爲生存的必要條件；牠們幼小的身軀像似藤蔓，盲目地被化學反應驅使向前爬行。一段時日後，當牠們發展出自己的個性，產生各自的衝動和慾望，那光線的吸引力就變得更爲強烈了。牠們總是伸展四肢爬向洞口，也一直被母狼驅趕回來。

在這個過程裡，小灰狼認識到母親除了柔軟安撫的舌頭，還有其他的特徵。當牠固執地往洞口爬行的時候，母親會用鼻子用力推擠加以斥責，然後快速而精準的一掌將牠打倒在地，滾了一圈又一圈。因此牠認識到疼痛；最重要的是不要冒險招致疼痛，其次是面臨疼痛的威脅時要閃躲和退避。這些都是有意識的舉動，也是牠對這個世界初步歸納的結論。在此之前，牠是本能地避開疼痛，就像不自覺地爬向亮光一樣。從此之後，牠會刻意躲避疼痛，因爲牠知道那會造成傷害。

牠是一隻兇猛的幼狼，牠的兄弟姊妹也不例外。這是預料中的事，因爲牠是肉食動物，繼承了獵殺與吃肉的血統。牠的父親與母親全靠著肉食生存。牠初生時所吸的第一口母乳，就是直接從肉類轉化來的；如今一個月大，睜開眼睛才一週的時間，牠便開始自己吃肉了——因爲母乳已經無法滿足牠們的需求，母狼將胃裡半消化的肉吐出來餵食五隻幼狼。

更甚者，牠是所有幼狼裡最兇猛的一隻。牠所發出的刺耳咆哮比起牠們更大聲，稚幼的怒氣比起牠們更嚇人。第一個學會用靈巧的腳掌把同伴擊倒在地、不停翻滾的是牠，第一個學會用牙齒緊咬同伴耳朵、拉扯咆哮的也是牠。理所當然地，讓母狼最花功夫從洞口驅趕回來的還是牠。

光線對小灰狼的吸引力與日俱增。牠不斷冒險向洞口挺進一碼，又不斷被趕了回來。牠不知道那是一個入口。對於入口這個東西——從一個地方前往另一個地方的通道——牠毫無所悉。牠不知道世界上還有其他的地方，更不用說是通往這些地方的路徑。因此對小灰狼而言，洞口是一面牆——一面光牆。如同太陽之於洞穴外面的動物，這面牆就是牠的世界裡的太陽，像是燭光吸引飛蛾般吸引著牠。牠總是企圖接近它，心中的活力迅速擴展，不斷催促牠走向光牆。內在的生命知道那是一條通往外面的路，一條命中註定要踏過的路。但是自己對它一無所知，牠並不知道外面還有另一個世界。

這面光牆有一件奇怪的事。牠的父親（牠已經逐漸認識到父親是這個世界的另一個居民，與母親相似的一個生物，睡在光牆附近，還會帶肉回來）——牠的父親可以走進那面光牆，然後消失其中。小灰狼完全無法理解。既然母親不允許牠接近那面牆，牠便走向其他牆面，然後柔軟的鼻子總會碰到硬實的阻礙物。這會造成疼痛。經過幾次嘗試後，牠不再去招惹牆壁。牠想也沒想就認定，消失在光牆裡面是父親的特徵，就像母親的特徵是母乳和半消化的肉一樣。

事實上，小灰狼並不善於思考——至少，不是像人類那樣的思考。牠的腦子還是懵懵懂懂的，不過卻也能像人類思考之後一樣，得到一個清晰明確的結論。實際上，這是歸納的方式。牠從來不會對於事情爲什麼發生感到煩心，只要知道如何發生就已經足夠。所以當鼻子撞過幾次牆壁後，牠便認定自己不會消失在牆中。依據同樣的方式，牠認定父親能夠消失在牆中。但是牠一點也不想要去發覺爲什麼父親和自己有所不同。牠的心智構造中沒有邏輯學與物理學這兩項元素。

就像荒野裡大多數的動物，牠很早就體驗到饑荒的苦難。曾有一時，牠們不但沒有肉食可吃，就連母狼也不再分泌母乳。剛開始幼狼們會嗚咽啜泣，不過大部分時間牠們都在睡覺。但是沒過多久，牠們已經餓得昏昏沉沉的，不再互相爭吵，不會鬧著脾氣發聲咆哮；同時，牠們也停止冒險走向那遙遠的白色牆面。幼狼沉睡著，體內的生命之火猶如殘燭搖曳，慢慢地熄滅。

獨眼急得發慌。牠每天跑得又遠又廣，回到如今變得慘澹淒涼的狼窩也只能小睡片刻。母狼也留下幼狼，離開洞穴出去尋找食物。在幼狼剛出生的那段日子，獨眼有幾次跑回印第安人營地附近，掠取陷阱裡的兔子；但是當積雪逐漸融解，河道開始解凍，印第安人便拔營離去，牠的食物來源也隨之斷絕。

當小灰狼恢復活力，對於白光的牆面重新燃起興趣時，牠發現自己世界的成員已經減少了。牠的同伴只剩下一個妹妹，其他的都去世了。等到長得更為強壯，牠發現自己不得不孤獨地玩耍，因為妹妹再也沒有抬頭、起身走動了。牠現在已經有肉可吃，身體也發育起來，但是對妹妹而言，這些食物來得太晚。妹妹繼續沉睡，瘦小的骨架只裹著一層皮，身體裡的生命火光愈加暗淡，最後終於熄滅。

接下來，小灰狼不再看見父親出現或消失在牆中，也沒有睡在洞口附近。這是發生在比較不嚴重的第二次饑荒結束的時候。母狼知道獨眼為什麼不再回來，但是她沒有辦法將自己看到的事告訴小灰狼。她曾獨自出外獵食，循著牠前一天留下的足跡，走向山貓居住的小溪左側支流。在足跡的盡頭，她發現了獨眼，或者是說牠的遺跡。現場留下許多打鬥的跡象，還有山貓拖著戰利品回到洞穴的痕跡。她在離開之前發現了那處洞穴，不過跡象顯示山貓就在裡面，她不敢冒險闖進去。

此後，母狼獵食的時候都會避開左側支流。因爲她知道山貓洞裡有一窩小山貓，她也知道那是一隻兇猛暴躁的大山貓，而且是一個可怕的戰士。對五、六隻狼來說，要將那吐著口沫、毛髮直豎的山貓趕到樹上是輕而易舉的事；然而單槍匹馬遭遇山貓又是另一回事——尤其是山貓知道自己背後還有一窩飢餓的小山貓。

不過荒野雖然是荒野，母性終究是母性，不論是否身處荒野，母親總會強烈保護她的幼兒；總有一天，爲了自己的小狼，她會大膽走向左側支流，找上岩石間的山貓洞，迎戰憤怒的大山貓。

第四章　世界之牆

當母親開始離開洞穴出外獵食，小狼已經非常明白不准靠近洞口的法則。不僅是因爲屢屢受到母親鼻子和腳掌的強制而留下深刻印象，同時內心恐懼的本能也不斷滋長。在牠短暫的洞穴生涯中，從來沒有遭遇過讓牠害怕的事。然而恐懼確實存在牠的心裡，那是從遙遠的祖先透過千萬的生命傳承到牠身上，是牠直接得自獨眼和母親的遺傳；就牠們而言，那也是歷經無數世代的狼族相傳而來。恐懼！這個荒野世界的遺產，所有動物都無法逃避，用美食也無法交換。

所以小狼已經懂得恐懼，雖然並不知道它的構成元素是什麼。也許牠認爲這是生活中的一項限制，因爲牠已經學到生活中的許多限制。牠知道飢餓；當飢餓無法獲得滿足時，牠感覺受到限制。洞穴牆壁硬實的阻礙，母親鼻子的猛推，腳掌的揮擊，幾次饑荒中無法平撫的飢餓，都讓牠感受到在這個世界並不是完全隨心所欲，生活裡有許多的限制和約束。這些限制和約束就是法則。遵守這些法則就可以遠離傷害，生活舒適。

牠並不是像人類這樣經由推理而明白問題。牠只是將事物分類成會造成傷害的與不會造成傷害的。經過這樣的分類之後，牠避免會造成傷害的事物，也就是那些限制和約束，以便享有生活的滿足與回報。

於是，爲了要遵守母親立下的法則，以及莫名未知的法則——恐懼，小狼遠遠避開洞口。對牠而言，那依舊是一面白色的光牆。當母親外出的時候，牠大部分時間都在睡覺，偶爾清醒的時候也會保持安靜，壓抑喉嚨不發聲嗚咽。

有一次，牠清醒地躺在洞穴裡，聽見明亮的牆面傳來奇怪的聲音。牠不知道那是一隻狼獾站在外面，正爲自己冒險的行爲而全身顫抖，同時小心翼翼地嗅著洞穴裡面有什麼東西。小狼只知道那個鼻息是陌生的、未經分類的事物，因此是未知而可怕的——因爲未知正是構成恐懼的主要元素之一。

小狼背脊上的毛豎立起來，但卻是靜悄悄地豎直。牠怎麼知道要對那正在嗅聞的東西豎起毛髮？這並不是出自於牠的認知，而是內心恐懼的表現，在牠生命中未曾有過如此經驗。但是伴隨恐懼的是另一項本能——隱藏。小狼陷於極度恐懼中，但是牠完全不動聲色，如同冰封僵硬的雕像，看起來就像死了一樣。等到母狼回來，當她嗅到狼獾的蹤跡時，大聲咆哮衝進洞裡，用她無限的關愛舔著幼狼，呼著鼻息。小狼覺得自己似乎躲過了一個重大的傷害。

但是小狼身體內還有其他的力量在運作，成長便是最大的一股力量。本能與法則要求牠服從，而成長卻驅使牠叛逆。牠的母親以及恐懼的本能迫使牠遠離明亮的牆面。不過成長就是生命，生命永遠註定要走向光明。隨著每一口吞下的肉食，每一次吸進的空氣，牠不斷在成長，沒有任何堤防可以擋住這股成長的浪潮。最後，終於有一天，生命的狂流掃除了恐懼與服從，小狼起身看了看洞口，然後搖搖晃晃朝它走去。

這面牆在靠近的時候似乎會向後退去，和牠經歷過的其他牆面不同。當牠試著向前推頂時，柔軟幼小的鼻子並沒有觸碰到堅硬的表面。這面牆的構造看起來像光線一般可以穿透和變形，於是牠走進這面一向被當作牆壁的地方，沐浴在構成這面牆的物質當中。

小狼感到十分疑惑。牠正穿過實體的東西，而且光線愈來愈亮。恐懼催促牠回到洞裡，但是成長驅使牠繼續向前。突然之間，牠發現自己站在洞口外，原本以為將牠隔在洞裡的那面牆，一下子就已經遠遠落在身後。光線變得非常刺眼，照得牠頭暈目眩，而且眼前廣大的空間也令牠頭暈目眩。牠的眼睛自動調整，適應了明亮的光線，聚焦在遠方的東西。起初，那面牆遠在牠的視野以外；現在牠又看見它，只是變得非常遙遠。此外，它的外觀也有改變，如今變得色彩斑斕，包含了緊臨溪岸的樹林，樹梢上競相矗立的山峰，以及涵蓋山嶺的天空。

強烈的恐懼湧上心頭，眼前有更多未知的事物。牠蹲伏在洞口邊，凝視外面的世界。小狼非常害怕。因爲是未知的世界，對牠來說便是敵意的世界。於是牠背上的毛根根直豎，軟弱地抿起嘴唇，試圖發出兇猛嚇人的咆哮。牠用自己渺小而畏懼的身軀，向整個廣闊的世界發出挑戰與威嚇。

但什麼事也沒有發生。牠繼續凝視，看得出神而忘了咆哮，同時也忘了害怕。這個時候，成長驅退了恐懼，戴上好奇的面具。牠開始注意附近的物體——一段開闊的溪流在太陽下波光閃耀，一棵枯萎的松樹矗立在斜坡底下，還有那條對著牠一路急升的斜坡，直到自己蹲伏的洞口前兩呎處才減緩坡度。

截至目前爲止，小狼都生長在平坦的地面。牠沒有經歷過跌倒的疼痛，也不知道跌倒是什麼。於是牠大膽地騰空跨出前腳，後腳卻仍踩在洞口邊，結果向前摔個倒栽蔥。鼻子重重撞擊地面，痛得讓牠尖叫起來。然後牠開始滾落斜坡，一直不停往下滾，心裡驚恐萬分。未知終於追上小狼，粗野地抓住牠，眼看就要對牠造成可怕的傷害。這時候恐懼勝過成長，牠像隻嚇壞的小狗一樣連聲哀嚎。

牠不斷驚叫哀嚎，不曉得未知會帶來什麼可怕的傷害。這與未知潛伏到身旁時僵硬蹲伏的恐懼全然不同。現在未知已經將牠牢牢抓住，保持安靜也沒有助益。此外，當下震撼牠的不是恐懼，而是驚駭。

不過坡度逐漸緩和，斜坡底下覆蓋著綠草。小狼滾到這裡就失去衝力而停下，牠發出最後一聲痛苦的尖叫，接著便是長聲的哀嚎。然後，就像生活中已經梳理毛髮無數次一般，牠自然而然地舔掉沾在身上的土塵。

牠站起身來四處張望，彷彿是第一位登陸火星的地球人那副模樣。小狼已經穿越了世界之牆，未知也放開緊抓的手，而牠在這裡毫髮無傷。不過若是有第一個登陸火星的人類，也不會像牠這樣對於周圍環境感到如此陌生。沒有事先獲得的知識，也沒有預告任何可能的情況，牠發現自己正探索著一個全新的世界。

現在可怕的未知遠離而去。牠已經忘記未知有任何嚇人之處，對於周遭的所有事物只感到好奇。牠檢視著腳下的綠草，更遠一點的蔓越橘，還有在林間空地邊緣的那棵枯松樹。一隻在樹幹下奔波的松鼠突然闖到面前，讓小狼嚇一大跳。

牠倒退瑟縮並且大聲咆哮。但是那隻松鼠同樣也受到驚嚇。牠衝上樹梢，抵達安全的地方後用野蠻的吱吱叫聲加以回敬。

小狼因此恢復了勇氣，雖然接下來遇見的啄木鳥讓牠吃了一驚，牠還是信心十足地向前邁進。就因爲太有信心，當一隻黑噪鴉魯莽地撲向牠時，竟然用腳掌去逗弄牠，結果鼻尖被猛啄了一口，害牠縮在地上吱吱哀嚎。那隻鳥被牠的叫聲嚇著，急忙拍著翅膀逃離危險。

然而小狼不斷在學習，懵懂的小腦袋不知不覺開始進行分類。世界上有生物與非生物，同時牠必須要注意那些生物。非生物會一直停留在原地，但是生物會到處移動，而且無法預測牠們會做出什麼事。生物是不可預料的，牠一定要隨時提防。

牠笨手笨腳地往前走，這裡碰、那裡撞。原本認爲距離很遠的一根小樹枝，一轉眼間就打中鼻頭或擦過肋骨。地面崎嶇不平，小狼有時跨步太大踢著鼻子，要不就是步伐太小絆腳跌倒。地上還有卵石或岩塊，踩在上面會讓腳步打滑；牠因此得知，非生物並非全然像是自己的洞穴一般永遠保持平衡穩固，而且，體積小的非生物比體積大的更容易墜落或翻滾。不過牠每受一次苦難，便多學到一點東西。走得愈遠，就走得愈穩當。牠一直在調整自己，學習估算肌肉的運作，瞭解自己身體的限制，測量物體之間以及與自己的距離。

牠是一個幸運的初學者。天生就是狩獵高手的小狼（雖然牠並不知道），第一次闖進這個世界，便在自己洞穴附近跌跌撞撞地尋找起食物。牠純粹靠著運氣，偶然發現那個巧妙隱藏的松雞窩——等於是跌進了鳥窩裡面。小狼企圖走過一根傾倒的松樹幹時，腳下踩的腐朽樹皮突然脫落，牠慘叫一聲便從樹幹滑了下去，衝破一小簇灌木枝葉，跌進樹叢中央的地面，剛好落在七隻小松雞的中間。

小松雞不停喧鬧嚷嚷，起初牠感到非常驚恐。後來牠察覺到這些松雞非常幼小，於是變得大膽起來。小松雞動來動去。牠把腳掌壓在其中一隻身上，牠動得更激烈了。小狼覺得有趣極了。牠嗅了嗅味道，抓起來放進嘴裡。小松雞不斷掙扎，搔弄著牠的舌頭，激起了牠的食慾。牠咬緊牙齒，脆弱的骨頭啪喳碎裂，溫暖的血液流進口腔。嚐起來真是好滋味。這是肉食，和母親給的一樣，不過卻是活生生的咬在牙齒間，味道更是美妙。於是牠開始吃松雞，不停的吃著，一直把牠們全部吃光，接著牠像母親一樣舔了舔嘴，準備爬出樹叢。

這個時候，牠遭遇一陣羽翼亂飛的旋風，被翅膀憤怒的揮擊與拍打弄得頭昏眼花。牠抱著頭高聲尖叫。攻擊愈來愈猛烈，母松雞暴怒至極。接著小狼也生氣了，站起身來大聲咆哮，揮舞著自己的腳掌。牠用稚嫩的牙齒咬住一隻翅膀、猛力拉扯。松雞掙扎抵抗，另一隻翅膀如雨點般不斷對牠拍打。這是牠的第一場戰役，情緒高漲，早已忘掉未知是什麼。牠不再懼怕任何事物。牠在戰鬥，撕扯一個正在攻擊自己的生物。而且，這生物也是個肉食。獵殺的慾望湧現心頭。牠已經殺死了幾隻小生物，現在要殺死一隻大的生物。牠忙於奮戰、激情打鬥，壓根沒有發現自己極為興奮。牠處於未曾經歷過的高亢與狂喜之中，比起以前任何時候都要激烈。

牠牢牢咬住翅膀，緊閉的雙顎間迸出低聲的吼叫。母松雞將牠拖出樹叢，又企圖轉身回到樹叢隱蔽處，牠卻扯著松雞離開樹叢，一直走向空曠處。母松雞不斷啼叫、拍打，飛舞的羽毛就像飄落的雪花一樣。小狼亢奮到了極點，狼族的戰鬥熱血在牠心中洶湧澎湃。這就是現實生活，雖然牠並不明白。牠正在實踐自己活在世上的意義，執行天生賦予的使命——經由打鬥去獵殺食物。牠要證明自己的存在，生命莫過於此；只有將天賦本能發揮極致，生命才會到達最高峰。

經過一段時間，母松雞停止掙扎。小狼仍然緊咬著松雞的翅膀，牠們躺在地上彼此對瞪。小狼試圖發出兇狠的吼叫加以威嚇。母松雞不斷啄著牠歷經先前的探險碰撞、早已疼痛不已的鼻子。牠縮著脖子閃躲，但是沒有鬆口。松雞一啄再啄，牠由閃躲轉爲嗚咽。小狼試圖退後避開松雞，卻沒想到緊咬的松雞被自己一直拖在身後。暴雨般的叮啄落在飽受折磨的鼻子上，小狼的鬥志逐漸消退；於是，牠放掉口中的獵物，倉皇飛奔越過空地，灰頭土臉地敗下陣來。

牠跑到空地另一頭的樹叢邊緣躺下休息，吐著舌頭，胸口不斷起伏喘息。鼻子依舊隱隱作痛，疼得牠一直哀聲嗚咽。然而就在此時，牠突然有一種災難臨頭的感覺。恐怖的未知衝擊著小狼，牠直覺地躲進樹叢尋找掩蔽。正當此刻，一股氣流掃過頭頂，一個長著翅膀的龐大身軀駭人地從上空悄然掠過。一隻老鷹，從藍天凌空而下，差一點就抓走牠。

驚魂未定的小狼躲在樹叢裡，驚恐地向外張望，空地另一頭的母松雞拍著翅膀走出慘遭蹂躪的窩巢。牠因爲失去了孩子，沒有注意到空中快如閃電的飛禽。但是小狼全看到了，對牠而言那是一個警惕和教訓——老鷹的高速俯衝，貼地的低空掠過，利爪攫取的致命一擊，松雞痛苦的淒厲驚叫，接著只見老鷹衝向藍天，抓著松雞騰空而去。

小狼在樹叢裡藏了很久才出來。牠學到不少東西。生物就是肉食，可以吃。同時，生物如果體型夠大，可能會帶來傷害。因此最好去吃雛鳥那般的小生物，而不要招惹母松雞那樣的大生物。不過牠還是有那麼一點野心，暗自希望能夠和母松雞再戰一場——可惜牠被老鷹抓走了。也許附近還有其他的母松雞，牠要過去找找看。

小狼走下堤岸的斜坡，來到溪邊。牠以前沒有見過水，看起來是可以站在上面行走，表面沒有崎嶇不平。牠大膽地跨步往上踏；然後發出驚恐的尖叫，沉陷到未知的包覆中。感覺十分冰冷，牠倒抽了一口氣，急促地喘息著。水湧進牠的肺，取代了呼吸的空氣。窒息帶給牠致命的痛苦，對牠來說這就死亡。牠對死亡並沒有清晰的認知，但是就如所有的荒野動物一樣，牠擁有死亡的直覺。對牠而言，死亡代表了最大的傷害。它是未知最根本的元素，是未知所有恐怖的總合，也是牠可能會遭遇到最嚴重、最難以想像的災難；牠對死亡一無所知，害怕至極。

牠浮出水面，新鮮空氣灌進嘴裡。牠沒有再沉下去，就像長期培養的習慣似的，小狼揮動四肢開始游泳。最近的溪岸是在一碼外的距離，但是浮出水面時牠正好背對著它，第一眼看到的是對面的溪岸，於是牠立刻朝著對岸游去。雖然只是一條小溪，但是洄流處的水潭足足有十多呎寬。

游到半途，水流帶著小灰狼沖往下游。牠被潭底的急湍攫住，幾乎不可能游離開。平靜的溪水突然變得異常險惡。牠一會兒被捲入水底，一會兒又浮出水面，有時候打轉翻滾，有時候還撞上岩石，不停地劇烈移動著。每次撞擊岩石，牠便高聲尖叫，從牠一路下去的連串叫聲，大概就可以計算出牠撞擊岩石的次數。

過了急流又是第二個水潭，牠在這裡被漩渦困住，慢慢地被推向溪岸，然後緩和地擱淺在碎石灘上。牠拼命爬出溪水，癱倒在地上。牠對世界又多認識了一些。水不是活的，但是會移動，而且它看似跟土地一樣結實，卻一點也不穩固。牠得到的結論是東西未必就如外觀呈顯的那樣。小狼對於未知的恐懼，來自於世代遺傳的猜忌，現在這種猜忌因爲經驗而變得更爲強烈。因此關於事物的性質，牠對外觀永遠抱持著懷疑。牠必須要先認知事物的眞實性，才能完全信賴它。

這天小狼註定還有另一次歷險。牠想起世界上還有自己的母親這一回事，接著感覺到對於母親的需求超越了這個世界的其他東西。不僅重重歷險讓牠身體疲累，小小的腦袋也同樣疲倦了。把從前的日子總合起來，也沒有像今天這般勞動得辛苦。此外，牠也睏了。在孤獨和無助的襲擾下，牠出發尋找洞穴和自己的母親。

當牠走在幾叢灌木之間時，聽到一聲威嚇的尖叫，眼前閃過一個黃色的身影，一隻鼬鼠從身邊飛奔而去。那是個小生物，牠並不怕。接著就在自己的腳跟旁邊，牠看見一個非常小的生物，只有幾吋身長，那是一隻小鼬鼠，像牠一樣不守規距、溜出來探險。小鼬鼠想要閃避，被牠一掌打翻。小鼬鼠發出古怪刺耳的聲音，才一瞬間，黃色身影立刻出現在眼前。牠又聽到那聲威嚇的尖叫，同時脖子側面受到猛烈的一擊，感覺母鼬鼠的利牙刺進皮肉裡。

小狼驚叫哀嚎、倉皇後退，牠看著母鼬鼠跳向牠的孩子，然後一起消失在旁邊的樹叢。脖子上被咬的傷口疼痛著，但牠的內心卻傷得更重，牠虛弱地坐在地上嗚咽起來。母鼬鼠是那麼嬌小，卻那麼兇猛。牠還不知道在同樣體型和重量的動物裡面，鼬鼠是荒野裡最兇殘、可怕和報復心最強的殺手。不過牠很快就會學到這方面的知識。

牠仍在嚶嚶啜泣著，母鼬鼠再次回到眼前。現在孩子安全了，母鼬鼠並不急著向前猛撲。牠慢慢地迫近，這讓小狼有充分的機會可以觀察那像蛇一像的削瘦身軀，還有像蛇一般渴切、直挺的頭部。鼬鼠尖銳的牙齒以及威脅的叫聲，讓小狼不禁毛骨悚然，於是對牠咆哮示警。母鼬鼠步步逼進，突然縱身一躍，在牠不甚純熟的視力還沒反應過來以前，瘦長的黃色身影便從牠的眼前消失。下一瞬間，母鼬鼠落在牠的脖子上，牙齒深深咬進牠的皮毛裡。

小狼起初咆哮著力圖戰鬥；但是牠實在沒有經驗，而且只是第一天探索這個世界，於是咆哮化爲哀嚎，奮戰變成掙扎逃跑。母鼬鼠完全沒有放鬆，拼命咬緊了牙齒，刺向小狼鮮血汩汩的大動脈。鼬鼠是吸血動物，尤其喜歡從活生生的獵物喉嚨中吸盡鮮血。

若不是母狼即時從樹叢裡衝出來，也許小狼已經一命嗚呼，也就沒有接下來的故事了。母鼬鼠放開小狼，撲向母狼的喉嚨，但是撲了個空，反倒是咬在她的下顎。母狼像甩鞭子似的把頭猛烈一擺，掙脫了鼬鼠，將牠高高甩在空中。然後就在半空中，母狼一口咬住那削瘦的黃色身軀，牙齒嘎吱一合，鼬鼠應聲斷了性命。

小狼再次體驗到母親深切的疼愛。她找到孩子的喜悅，比牠被母親發現的喜悅更加強烈。母狼嗅著牠、撫慰著牠，舔著牠被鼬鼠咬出的傷口。接著，母狼和小狼一起吃掉那隻吸血動物，然後回去洞穴睡覺。

第五章　獵食法則

小狼的進展相當快速。牠才休息了兩天，又勇敢地跑出洞穴。這一回，牠碰見上次與母親一起吃掉的那隻母鼬鼠的孩子，並且也讓小鼬鼠遭到同樣的下場。不過這次牠沒有再迷路。覺得累了，便找路回去洞裡睡覺。此後，牠每天都跑到洞穴外面，遊走的範圍也更爲廣闊。

牠開始能夠準確估算自己的實力和弱點，並且知道何時可以大膽一搏，何時又需謹慎小心。牠發現最好要隨時審慎而行；除了偶爾自信滿滿時，會稍微宣洩怒氣、恣意妄爲。

每當巧遇迷途的松雞，牠就會像一個狂暴的小惡魔。只要聽見枯松樹那兒傳來當初碰到的松鼠在吱喳嘮叨，牠一定會兇猛回嘴。若是看見黑噪鴉，總是讓牠大發雷霆；因爲牠不曾忘記第一次遇見黑噪鴉時，鼻子被啄得多麼疼痛。

但是有些時候連黑噪鴉都不會影響牠的情緒，那就是當牠覺得自己處於被其他肉食動物獵殺的危險時。牠永遠不會忘記老鷹，只要看到牠們移動的黑影，一定會鑽到身旁最近的樹叢裡。小狼不再匍匐前進、蹣跚學步，顯然不費吹灰之力便漸漸學會母親鬼祟潛行的步伐，快速的移動令人難以察覺。

至於獵食方面，牠的好運在剛開始便用盡了。直到目前爲止，總共獵殺的就是七隻小松雞和一隻小鼬鼠。殺戮的慾望與目俱增，牠最想獵殺的便是那隻喋喋不休、總是洩露自己蹤跡的松鼠。但是松鼠會爬上枝頭，就像鳥兒飛翔空中，所以小狼只能趁牠在地面的時候，設法悄悄爬近身旁。

小狼對母親懷著崇高的敬意。母親能夠獵取食物，從來不會少了牠的一份。

而且她什麼都不怕。牠並不明白母親的勇敢無懼是建立在經驗與知識上，牠的印象裡那便是力量的展現。母親就代表了力量；隨著年齡增長，牠會受到母親腳掌的嚴厲懲罰，以往鼻子推擠的斥責也被利牙猛咬所取代，在在都讓牠感覺到力量。因爲如此，牠尊敬自己的母親。母狼強迫牠要服從，小狼長得愈大，她的脾氣就愈暴躁。

饑荒再度發生，小狼再一次明確感受到飢餓的痛楚。母狼自己也因爲缺乏食物而消瘦。她很少待在洞裡睡覺，大部分時間都在尋找獵物，然而也都徒勞無功。這一次的饑荒並沒有維持太久，但是情況相當嚴峻。小狼不僅發現已經沒有母乳可以喝了，自己連一口食物也找不到。

在此之前，牠把獵食當作遊戲，純粹爲了娛樂；現在可就非常認眞在尋找獵物，但還是一無所獲。獵食失敗加速了小狼的成長，牠更加留意松鼠的習性，技巧磨練得更爲純熟，已經可以偷偷靠近嚇松鼠一跳。牠研究著森林裡的姬鼠，試圖把牠們從地洞裡挖出來；對於黑噪鴉與啄木鳥也有了更多的瞭解。終於有一天，牠看到老鷹的黑影時不再急於躲進樹叢。牠變得更爲強壯、更爲聰明，也更有自信。而且，牠也已經飢餓得不顧一切。牠明目張膽待在空地上，誘使老鷹從空中俯衝下來。因爲牠知道，飛翔在頭頂藍天的是肉食，牠的胃一直渴求的食物。但是老鷹不肯飛下來進行戰鬥，於是牠失望地離開空地，蹲伏在樹叢裡餓得嗚咽哀鳴。

饑荒暫時中斷。母狼帶了肉食回來。這次的肉很奇怪，和她以前帶回來的都不同。那是一隻發育中的小山貓，和小狼一樣，除了體型沒有牠那麼大。母狼把整隻小山貓都給了小狼。她似乎在別處塡飽了肚子；小狼並不知道，其餘的小山貓全都進了母狼的胃，也無從得知母狼孤注一擲的行動。牠只知道眼前披著柔軟毛皮的小山貓是食物，於是一口接一口地愈吃愈高興。

吃飽之後，小狼變得昏昏沉沉，於是躺在洞穴裡，靠在母親身旁睡著了。突然，牠被母狼的咆哮聲驚醒。牠從來沒有聽過母親如此恐怖的咆哮，也許這是她生命中最猛烈的一聲咆哮。其中原因只有她自己知道。掠奪一個山貓窩後，絕不可能相安無事。午後豔陽的照耀下，小狼看見母山貓蹲伏在洞穴的入口。當牠看見這幅景象，立刻背脊發冷、寒毛直豎。這是恐懼，用不著本能來告訴牠。如果眼前景象還不夠嚇人，那麼入侵者所發出的怒吼聲，先是一聲咆哮，繼而揚升成爲沙啞的尖叫，就足以令牠膽戰心驚了。

小狼感到內在生命的激勵，勇敢地站到母親身旁跟著咆哮，但是母狼把牠推到身後。由於洞口低矮，山貓無法一躍而入，當牠匍匐通過洞口時，母狼撲向前去將牠壓制在地上。小狼看不清楚牠們之間的打鬥，只聽見響亮的狂吼、呼嘯與尖叫聲。兩隻動物扭打成一團，山貓牙爪並用，猛咬狂抓、拼命撕扯，而母狼只憑著一口利牙。

小狼一度加入戰局，用牙齒狠狠咬住山貓的後腿。牠緊咬不放，低聲怒吼。儘管牠並沒有察覺，由於自己的重量牽制了山貓的行動，使得母親躲過不少傷害。戰況有了變化，牠被壓在母狼和山貓的身體下面，被迫鬆了口。接著，兩隻母獸分了開來，就在彼此再度衝撞前，山貓伸出碩大的前掌揮擊小狼，牠的肩膀被撕裂、深可見骨，同時還猛烈撞上旁邊的土牆。於是在打鬥的喧鬧聲中，又增添了小狼疼痛又驚恐的尖聲哀嚎。而戰鬥一直持續著，不僅讓牠有時間獨自哭嚎，還讓牠再度鼓起勇氣加入戰局，直到戰鬥結束，還看得到牠緊咬著山貓的後腿，嘴裡發出兇猛的低吼。

山貓死了。但是母狼非常虛弱，而且傷勢嚴重。起先她還撫弄著小狼，舔淨肩膀上的傷口；然而流失血液也損耗了她的體力，於是就在死去敵人的屍體旁邊，她動也不動、氣若游絲地躺了一天一夜。接下來的一個星期，除了拖著緩慢而痛苦的身軀出外喝水，她從未踏出洞穴之外。當山貓的肉被吃完的時候，她的傷勢也差不多痊癒，於是又開始出外獵食。

小狼的肩膀僵硬而疼痛，因爲遭受這次可怕的攻擊，使得牠有一段時間走起路來一瘸一拐的。不過現在世界似乎有所改變了。牠帶著更大的自信四處走動，那種威風八面的感覺是與山貓發生激戰之前未曾擁有的。牠現在以更爲兇猛的眼光看待生命；牠歷經戰鬥，曾經深深咬進敵人的血肉，而且牠存活下來了。正因爲如此，牠的行動更爲大膽，也增添了幾分狂傲的氣息。儘管未知的神祕、恐怖、變化莫測與無盡險惡依舊不斷對牠施壓，但是牠不再害怕小東西，也揚棄了自己的膽怯。

小狼開始跟著母親一同獵食，見識到許多獵殺的行動，並且開始參與其中。

經由自己朦朧的領會，牠學習到獵食法則。世界上有兩類生物——牠自己所屬的一類和另外一類。牠所屬的這一類包括了母親和自己。另外一類包括了所有會動的生物。這另外的一類又有所區分。其中一部分是會被牠自己這一類獵殺、吃掉的，包括了非獵食者或小型獵食者。另外一部分則是會獵殺並吃掉自己的，但也會被自己這一類獵殺、吃掉。根據這樣的分類衍生出一套法則。生命的目的是獵食。生命本身就是肉食。生命靠著其他生命而活。世界上有獵食者與被獵食者。這個法則便是：吃或被吃。並不是條理清晰地去制定並且遵守這個法則，牠甚至沒有去思考過這個法則；只是未經思索地依循法則去求生存。

牠看見這套法則在自己的周圍時刻運作著。牠吃了小松雞，老鷹吃了母松雞。老鷹可能也已經吃了自己。然後，當牠長得更為強大時，換成牠想要吃了老鷹。牠吃掉小山貓；若不是母山貓先被殺死和吃掉，可能已經把自己吃掉。法則如此持續運作。這套法則活躍在所有的生物之間，而牠僅僅是其中的一個環節。牠是一個獵食者，唯一的食物就是肉食，活生生的鮮肉，那些從眼前快速奔過、飛上天空、爬上樹梢、藏在地下、迎面對戰，或者反過來追逐牠的那些生物。

假如小狼以人類的方式思考，也許對牠而言，生命的縮影就像是一個饑渴的食慾，而這個世界便是充斥著眾多食慾，以及永無止盡的追捕與被追、獵取與被獵、吃與被吃的地方，一切處於盲目與騷動、狂暴與混亂之中，貪食與屠殺構成了混沌大地，全由運氣、無情、漫無目標、永無止盡所支配。

但是小狼並非以人類的方式思考，也沒有宏觀的眼光去看待事物。牠是單純的動物，同一時間只能抱持一個思維或慾望。除了獵食法則，還有許多次要的法則等著牠去學習和遵守。這個世界充滿了驚奇。小狼的內在生命正蠢蠢欲動，對於肌肉的運作感到無限的歡愉。追捕肉食讓牠體驗到生命的悸動與揚升，狂怒與打鬥都成爲一種喜悅。恐怖本身，以及未知的神祕性，都在引導著牠的生活。

生活中也有平靜與滿足的時候。塡飽了肚子，慵懶地在陽光下打盹——這是牠用熱忱與辛勞換來的報酬，同時熱忱與辛勞也是一種自我回饋。它們是生命的展現，而生命獲得展現時總是歡心鼓舞。於是小狼不再埋怨與牠處處爲敵的環境。牠非常活躍、非常高興，而且非常自傲。

第三部　荒野之神

第一章　火的創造者

事情發生得很突然，完全在小狼意料之外。那是牠的錯，太不小心了。牠離開洞穴，跑到溪邊喝水，大概因爲睡眼惺忪，所以並沒有留意四周。（牠整晚都出外獵食，剛剛才睡醒。）而牠的粗心大意，或許是因爲對於通往溪水的這條路太過熟悉。牠經常走過這裡，從來沒有發生過任何事。

牠經過那棵枯松樹，穿越空地，匆忙跑進叢林間。然後，就在這一瞬間，牠同時看到和聞到了。靜靜地坐在眼前的，是五個以往沒有看過的生物。這是牠第一次看到人類。不過這五個人看見小狼時並沒有跳起來，也沒有露出牙齒、大聲咆哮。他們動也不動，只是安靜又不懷好意地坐在那兒。

小狼也沒有動。牠的天生本能應該會驅使自己飛奔逃走，但是心中卻突然興起一個違背天性的全新直覺。一股強烈的敬畏之心油然而生，自覺軟弱與渺小的感受席捲而來，壓迫得牠無法動彈。眼前生物的力量與優勢，遠遠超越了自己。

小狼不曾見過人類，對於人類的感受完全出於自身的直覺。牠隱約覺得人類這種動物在打鬥能力上凌駕了荒野裡的其他動物。牠不只是透過自己的眼睛，而且還透過所有祖先的眼睛在觀察著人類——牠們曾在黑暗冬夜中徘徊在無數營火的四周，從樹林裡遙望那些主宰所有生物的奇怪兩腿動物。世襲的魔咒降臨在小狼身上，對人的畏懼與尊敬來自於好幾世紀的對抗以及世代累積的經驗。小狼對於這項遺傳毫無招架之力。如果牠已完全長大，也許還會逃走。但就因爲年紀還小，牠瑟縮在痲木的恐懼當中；如同當初狼族祖先第一次臣服地坐在人類的營火旁取暖，小狼也已經表現得近乎順從。

一個印第安人起身，盛氣凌人地走過去低頭看牠。小狼趴得更貼近地面了。未知終於轉化成實體的血肉，彎下身來要攫住牠。牠不自覺地豎起毛髮，翻起嘴唇，露出稚嫩的利牙。伸出的手像厄運般懸在牠的頭頂上，遲疑了一會兒，然後那個人笑著說：「瞧！一口的白牙！」

其他的印第安人跟著大笑，慫恿那個人把小狼抓起來。隨著那隻手愈靠愈近，小狼心中的本能在交戰著。牠感受到兩股強大的驅動力——屈服與戰鬥；結果牠採取折衷的行動——兩樣都做。牠先屈服退縮，直到手快觸碰牠時便起身奮戰，牙齒冷不防地緊緊咬住那隻手。接著，牠的腦袋從旁邊挨了一拳，被打得側倒在地。牠的鬥志完全消失，取而代之的是幼兒的任性與順從的本能。牠坐起來嗚咽哀鳴，但是被咬的人怒氣未消，又是一拳打在小狼腦袋的另一邊。牠再坐起來，用盡全力放聲哀嚎。

另外四個印第安人笑得更大聲了，甚至被咬的那個人也開口大笑。牠們圍繞著、取笑著因爲驚恐疼痛而哀嚎不斷的小狼。就在這個時候，小狼聽到了一個聲音，那些印第安人也聽見了。牠認得這個聲音，於是發出最後一聲長長的呼喊，得意之情更勝悲傷，然後安靜下來等待母親的出現——牠那威猛不屈、戰無不勝、毫無畏懼的母親。母狼聽到小狼的哀嚎，一路呼嘯著飛奔前來搶救自己的孩子。

她衝進印第安人的包圍之中，焦慮而激憤的母性完全顯露在猙獰的面目上。但是在小狼眼裡，母親護子心切的憤怒場面卻是令牠欣喜不已。牠高興地輕聲鳴叫，跑過去與母親會合，人們同時也慌忙退後幾步。母狼站在前頭保護孩子，朝著那些人豎起毛髮，喉嚨發出隆隆的吼叫。她充滿威脅的臉孔惡毒扭曲，整個鼻樑皺得鼻尖都快與眼睛齊高，咆哮之聲異常嚇人。

這時，其中一人突然大叫一聲。「姬雪！」他喊著。那是一聲驚訝的呼喊，小狼覺得母親在聽到那聲音之後，怒氣立刻消失了。

「姬雪！」那個人又喊了一聲，這次帶著嚴厲而又權威的語氣。

然後小狼看見自己的母親——那無所畏懼的母狼，不但一直蹲伏下去，直到腹部緊貼地面，而且還搖著尾巴低聲嗚咽，表現一副討饒的模樣。小狼完全無法理解。牠嚇壞了！對於人類的敬畏之心再次湧現；牠的直覺是對的，母親的行爲足以證明。她也屈服於人類這種動物。

剛才喊叫的那個人走向母狼，把手放在她的頭上。母狼只是趴得更近一些，既沒有狠咬反擊，甚至連張口威脅都沒有。其他的人也圍了過來，撫摸著、搔弄著母狼，而她並沒有表現出任何的不悅。這些人非常興奮，嘴裡發出許多吵雜的聲音。小狼認定這些聲音沒有危險的跡象，於是匍匐到母狼身邊，雖然依舊毛髮顫慄，但是盡其所能表現出順服的樣子。

「一點兒也不奇怪；」一個印第安人說：「她的父親是匹狼。雖然母親是道道地地的一隻狗，不過在交配的季節裡，我哥不是整整三個夜晚把她栓在樹林裡嗎？所以姬雪的父親應該就是一匹狼。」

「從她溜走至今已經一年了，灰鬍子。」第二個印第安人說。

「不能怪她呀，橘舌頭。」灰鬍子回答說：「那時候在鬧饑荒，根本沒有肉可以給狗吃。」

「她都和狼群生活在一起。」第三個印第安人說。

「看來應該是這樣，三鷹。」灰鬍子回他的話，同時伸手摸著小狼說：「這就是證明。」

當手觸碰牠時，小狼咆哮了幾聲。灰鬍子立刻將手縮了回去，準備賞牠一拳。於是小狼閉上嘴巴，服從地低下頭去，那隻手又回到身上，搔弄著耳根，來來回回撫摸牠的背。

「牠是個證明。」灰鬍子接著說：「很顯然牠的母親是姬雪，但是父親是一匹狼，因此身上狼的血統比較多，狗的血統比較少。牠的牙齒很白，應該取名叫白牙。我說了算數，牠是我的狗。因爲姬雪是我哥的狗，不是嗎？而我哥已經死了。」

小狼因此得到一個名字，牠躺在地上觀望著。人類的嘴巴繼續發出吵雜的聲音。然後灰鬍子從掛在脖子上的刀鞘裡抽出一把刀，走進樹叢砍下一段樹枝。白牙一直看著牠。他在木棍兩端切出凹痕，然後在兩端凹痕各繫上皮繩。一端的皮繩綁在姬雪的脖子上，又牽著她到一棵小松樹旁，將另一端的皮繩綁到樹幹上。

白牙跟在後面，然後躺在母親身旁。橘舌頭伸手把牠翻過身去、四腳朝天。姬雪看在眼裡十分擔憂，白牙感到恐懼再度攫住自己。牠忍不住吼了一聲，但是並沒有張口咬人。那隻手的五根手指或曲或張，戲弄地搔著牠的肚子，不時將牠往兩側翻來滾去。像這樣四腳朝天躺著，實在是既滑稽又醜陋。況且，白牙的天性對這種無可奈何的姿勢感到非常厭惡。這讓牠無法自我防衛。如果此時人類要傷害牠，白牙知道自已絕對逃不掉。高舉著四腳，牠如何能一躍而起？然而順服之心控制住自己的恐懼，牠只是輕聲吼著。牠無法壓抑地發出輕吼，不過人類也沒有因此發怒而一拳揍在頭上。甚至，令白牙感到不可思議的，是在那隻手的來回搔動下，自己竟然感覺到一種莫名的愉悅。當牠被翻身側躺時便停止了吼叫，當手指揉壓著自己的耳根時，興奮的感受更爲強烈；接著，那人搔弄幾下之後離牠而去，白牙的所有恐懼也隨之消失。往後與人類相處的過程中，牠曾多次感到恐懼；然而這次的接觸，卻象徵著最終牠與人類之間無畏無懼的情誼。

過了一會兒，白牙聽到奇怪的吵雜聲音逐漸接近。牠的歸納能力相當敏銳，立刻認出這是人類發出的聲音。幾分鐘後，印第安人部落的其他成員就像行軍隊伍般魚貫而至。隊伍裡有更多的男人、婦女和小孩，大約四十個人左右，全都扛著沉重的營帳與工具。隊伍裡還有許多狗，而且除了幼犬之外，也都馱著營具。牠們的背上緊緊綁著袋子，各自背負著二十到三十磅的重量。

白牙不曾看過狗，但是當牠見到第一眼時，便認爲牠們和自己是同類，只有某些地方不同。不過，當牠們察覺到小狼和牠的母親的時候，反應就和狼群沒有什麼兩樣，立刻一擁而上。面對浪潮般張口撲來的狗群，白牙豎直毛髮、狂吼猛咬。牠被狗群壓倒在地，感覺到銳利的牙齒狂亂地咬在自己身體，牠也奮力撕咬那些踩在身上的狗腳和牠們的腹部。現場一片喧鬧騷動。牠聽到姬雪爲自己奮戰的咆哮；接著是人類的高聲斥喝、棍棒的聲聲重擊、以及狗群遭到痛毆的痛苦哀嚎。

才過了短短的幾秒，白牙又站了起來。牠看到人類揮舞棍棒、丟擲石塊，從牠身上驅退了狗群，讓牠免於遭受那些看似同類、卻又不是同類的利牙攻擊。雖然牠的腦子對於正義這個抽象的概念沒有明確的瞭解，不過憑著自己的方式，牠感受到人類的正義，並且察覺到他們會制定和執行法則。同時，牠也深深激賞人類執行法則的能力。不像自己遇見過的其他動物，人類既不咬也不抓，而是利用死的東西來增強自己活動的力量。死的東西任由他們使喚，因此樹枝和石塊在這些奇怪動物的指揮下，像活的東西一般飛向空中，狠狠砸在狗群身上。

在牠心中，這是一種非比尋常而又不可思議的能力，是如同神祇般超越自然的力量。就白牙的天性而言，牠不可能知道有關神的事情，頂多只會視爲超乎自己所能理解的東西。但是牠對人類的那種驚訝與敬畏，就好像人類在看見天上的神祇，在山巔上用雙手發出雷電射向地面一樣。

最後一隻狗也被趕走了，吵鬧聲平息下來。白牙舔舐自己的傷口，並且思考著這次初嚐狗群的殘酷無情，以及見識到一大群狗的經驗。牠作夢也沒有想到，除了獨眼、母親和自己以外還有其他的同類。牠們以往是自成一類，如今突然發現還有許多顯然是同類的其他生物。下意識裡，牠對於這些同類才一碰面就將自己撲倒、企圖毀滅自己而感到忿恨不平。同時，對於母親被木棍綁住也感到怨氣難消，即使這是高高在上的人類所為。這就是被捕捉和束縛的滋味。不過牠並不知道什麼是捕捉和束縛。隨心所欲地自由奔跑、漫走或躺下，是牠所遺傳的天性，但現在卻受到侵犯。母親的行動被限制在木棍長度的範圍裡面，而牠也還沒成長到可以脫離母親保護的時候，於是白牙的行動也被限制在這個範圍。

牠不喜歡這樣。此外，牠也不喜歡人類出發繼續上路時，一個矮小的人類牽著木棍的另一端，領著姬雪跟在後面，而牠得跟著母親後面。白牙帶著滿心的憂慮與不安情緒，踏上這趟全新的探險。

他們沿著溪谷往下走，遠超過白牙曾經走過最遠的距離，直到山谷盡頭、小溪注入馬更歐河的地方。在這裡，獨木舟高掛在木樁上，風乾漁獲的網架四處林立，人們也搭好了帳篷；在此同時，白牙驚奇地看著這一切。人類的優越性隨著時間不斷提升。他們統治了這些有著一口利牙的狗群，散發出一股權力的氣息。但是對小狼而言，更神奇的是他們能夠控制沒有生命的東西，將動作傳遞到不會移動的東西上，而且還能改變世界原本的面貌。

最後一點對牠影響尤巨。他們立起木桿骨架的舉動吸引著牠的眼光；不過對那些能夠將木棍與石塊丟得老遠的生物而言，這個動作本身並不足以爲奇。但是當骨架披上獸皮與布料成爲帳篷後，可就讓白牙大爲吃驚。它們巨大的外形令牠印象深刻。帳篷在牠四周紛紛搭建起來，就像某種快速生長的怪物，幾乎佔據了視野所及的所有範圍。牠害怕這些帳篷。它們陰森森地聳立在面前；當微風吹拂引起大幅晃動時，牠嚇得瑟縮成一團，兩眼謹慎地盯著，以防它們打算撲過來時，自己可以立刻逃之夭夭。

但是不久之後牠對帳篷的恐懼便消失了。牠看著婦女與小孩毫髮無傷地走進走出，還有那些狗也試圖鑽進去，不過卻被高聲的斥責與飛擲的石塊給趕走。過了一會兒，牠離開姬雪身邊，小心地爬向最近的一座帳篷。成長的好奇心促使牠這麼做——這是從學習、生活與行動中獲取經驗的必要歷程。到了距離帳篷最後幾吋的地方，白牙爬得非常緩慢與謹慎。經過一天的折騰，牠已經準備好面對未知以最驚奇而又意想不到的方式呈現自我。牠的鼻子終於觸碰到帆布。等待了一會兒，沒有事情發生。接著嗅了嗅沾滿人類味道的奇怪布料。牠咬住帆布輕輕扯了一下，除了帳篷臨近的部分稍微晃動，依然沒事發生。牠扯得更用力，晃動也隨之加劇。這可有趣極了。牠不斷用力拉扯，直到整座帳篷都在晃動。接著裡面傳來一聲女人的尖聲叫罵，嚇得牠倉皇逃回姬雪身邊。但從此之後，牠再也不怕那陰森森的大帳篷。

過了一會兒，白牙又離開母親跑去閒逛。脖子上的那根木棍被綁在木樁上，母親沒有辦法跟在身後。一隻體型稍大、年紀較長的小狗帶著傲慢好鬥的氣勢緩緩走向牠。白牙後來從人們的喊叫中得知，小狗的名字叫利嘴。牠是小狗群裡的打鬥老手，早已是個橫行霸道的傢伙。

利嘴是自己的同類，而且只是一隻小狗，看起來應該沒有危險，於是白牙準備友善地迎向前去。然而當對方由漫步轉為四肢繃緊、翻唇露齒時，牠也挺直了身體，齜牙咧嘴加以回敬。牠們彼此繞著圈子，毛髮豎立，互相叫囂試探。這樣的對峙持續了幾分鐘後，白牙開始樂在其中，把它當作一種遊戲。但是利嘴突然以飛快的速度撲向白牙，狠咬一口又迅速跳開。這一口咬在山貓抓傷的肩頭上，這一下傷痕更深及骨頭。白牙在驚嚇和疼痛之餘尖叫了一聲，但是緊接著就憤怒地衝了出去，撲在利嘴身上張口猛咬。

不過利嘴從小就生長在營地，早已和許多的小狗交手無數次。三下、四下，乃至五下、六下，牠小小的利牙都咬在這個新手的身上，直到白牙哀聲連連，丟臉地跑去尋找母親的保護。這是牠與利嘴之間多次打鬥的第一戰，牠們是天生的敵人，註定會衝突不斷。

姬雪舔著白牙給予安慰，並且嘗試要牠留在身邊。但是牠無法克制自己的好奇心，幾分鐘之後又出發投入新的探險。小狼遇見一個人類——灰鬍子——他蹲在地上，好像利用鋪在面前的樹枝和乾苔要做某件事。白牙走上前去瞧個究竟。

灰鬍子嘴裡發出一些聲音，白牙認爲並沒有敵意，於是湊得更近了。

婦女和小孩搬來更多的枯木與樹枝給灰鬍子。這顯然是很重大的一件事。白牙已經湊到灰鬍子的膝蓋邊了，牠實在太好奇，早已忘記這是一個可怕的人類。突然之間，牠看到像煙霧般的奇怪東西，從灰鬍子雙手下方的樹枝與乾苔中冒出來。接著，樹枝間出現一種鮮活的東西在繚繞翻轉，顏色就像天空的太陽一般。白牙不認識火，它就像早先時候的洞口光線一樣牽引著牠走過去。牠朝著火焰爬近了幾步，聽見灰鬍子在牠頭上發出咯咯笑聲，知道其中沒有惡意。然後牠的鼻子觸到火焰，同時小小的舌頭也伸了過去。

在那瞬間牠愣了一會兒。躲在樹枝與乾苔之間的「未知」，粗野地襲擊了牠的鼻子。牠連滾帶爬往後逃竄，同時爆出驚人的哀嚎。姬雪聽到牠的聲音也只能扯著木棍拼命咆哮，因爲沒辦法過去幫助牠而激起一陣狂怒。灰鬍子卻拍著大腿放聲大笑，還把這件事告訴營地裡的每個人，直到所有的人都笑成一片。但是白牙坐在地上哀嚎不斷，一個孤獨又可憐的小小身軀被圍繞在人群中央。

這是牠所受過最嚴重的傷害，鼻子和舌頭都被那從灰鬍子手下冒出來的、有著太陽顏色又活蹦亂跳的東西給灼傷了。牠一直哭個不停，每發出一聲哀嚎，就引來人類的一陣爆笑。牠用舌頭舔舐鼻子想減輕疼痛，但是舌頭也燙傷了，兩個傷處碰在一起可就更加疼痛；牠的哭嚎變得更為無助、更為絕望。

後來，牠開始感到羞愧。牠知道這些笑聲以及其中的含意。人們並不瞭解有些動物是如何認識笑聲，如何知道自己被嘲笑；但是白牙就像這些動物一樣知道自己被嘲笑。人類的嘲笑讓牠覺得很丟臉，於是轉身溜走。牠不是要躲避火焰的傷害，而是要逃開那些對自己心靈傷得更深的笑聲。牠逃向姬雪——在那木棍尾端失去理智而大發雷霆的母親，是目前世界上唯一沒有在嘲笑牠的生物。

暮色降臨，黑夜籠罩，白牙躺在母親的旁邊。牠的鼻子和舌頭依舊疼痛，但是心中卻有更大的煩惱。牠在想家。牠的內心感到空虛，十分想念崖頂的洞穴和小溪的安寧與平靜。生活已經變得過於擁擠，到處都是人類——男人、婦女和小孩，無不在製造喧鬧和騷擾。還有龐大的狗群，一直都在爭吵叫囂，不時爆發騷動與混亂。牠所熟悉的悠閒與獨處的生活已不存在。這裡充斥的生命令牠心驚。周圍總是嗯嗯嗡嗡響個不停，不斷變化著強度和音調，衝擊牠的神經與感官，令牠焦躁不安、隨時都在擔心下一刻又會發生什麼事。

牠看著人類在營地裡來來去去、到處走動。就像人類抬頭仰望著他們創造出來的天上神祇，白牙也是用這種眼光遙望著面前的人類。他們是無法超越的生物，是眞實存在的神。在牠懵懂的理解中，人類是奇蹟的創造者，如同神祉之於人類。他們是支配一切的生物，擁有各式各樣的未知以及不可思議的能力，稱霸於所有的生物與非生物；他們令會動的東西服從聽話，讓不會動的東西產生動作，而且從死的乾苔與木頭中製造出活的東西，那個有著太陽顏色、活蹦刺人的生物。他們是火的創造者！他們是神！

第二章　束縛

白牙的生活充滿了各式各樣的經歷。在姬雪仍被木棍綁著的期間，牠跑遍營地每一處去探查、研究和學習，很快就對人類的習性有了更多的瞭解，但是這份熟悉並沒有讓牠因此輕視人類。對於人類的認識愈深，就愈加證明他們的優越性；展現出愈多的神祕力量，讓他們更像神祇的模樣。

對於人類而言，看到自己的神祇幻滅、祭壇毀壞，通常會悲痛不已；但是對於蹲伏在人類腳邊的狼與野狗來說，這種悲痛絕不會發生。人類的神明是看不見而猜不透的，祂們像雲靄迷霧一樣的虛渺，沒有現實的表象，帶著人類嚮往的神性與力量，如同幻影般四處遊蕩，無形浮現在心靈的國度；營火旁的狼與野狗不同於人類，牠們的神明有血有肉、一觸可及、佔據空間，而且需要時間去實現他們自己的目標與存在。篤信這樣的神明不需要努力維持信仰；任何意志力都無法質疑他的存在，更不可能逃離他的掌控。他站在那兒，兩腿立於地上，手中拿著棍棒，潛藏無限的可能性，熱情、易怒而又富有愛心。神性、奧祕與力量包覆、圍繞著他的血肉之軀——那撕裂時會流血、看起來像其他肉食一樣可口的身軀。

白牙的心裡如此認定——毫無疑問，人類必定是神。既然母親在一聽到他們呼叫自己的名字時便獻出忠誠，於是牠也開始表現順服。牠讓出道路給人類，視爲他們的特權。當他們走動時，牠會避開路線。當他們呼喚時，牠會乖乖走過來。只要他們斥喝，牠便匍匐趴下；命令牠走開，便急忙忙跑走。在他們的任何要求之後，總是伴隨著強制執行的力量，這個力量訴諸於拳毆、棒擊、飛石和鞭打，每每造成牠的傷害。

牠從屬於人類，就像所有的狗都屬於他們的一樣。牠的行動受制於人類的命令，牠的身體是他們毆打、腳踢、發洩情緒的對象。這是牠很快就體會到的教訓。這種遭遇相當嚴峻，與強烈支配自己的本性完全抵觸；牠在學習過程中非常反感，卻也不知不覺學著去喜歡它。牠將命運託付在別人手上，交出了自己求生的責任；這是一種補償，畢竟依賴別人總比獨自過活要輕鬆多了。

但是牠並非一下子就把自己的身體與靈魂託付給人類。牠沒有立刻拋棄自己的野性遺傳及對於荒野的記憶。牠不時會走到樹林邊緣，駐足傾聽在那遠方呼喚牠的聲音。而且，每一次都會轉身回到姬雪身旁，焦躁不安地輕聲嗚咽，用牠熱切而疑惑的舌頭渴望地舔著母親的臉

白牙很快就認識到營地的種種狀況。牠明白人們拋來餵食的魚或肉時，年長的狗是多麼的貪婪與不公平。牠漸漸發覺男人比較公正，小孩比較殘忍，婦女比較好心、會多扔幾塊肉或骨頭給牠。經過幾次與幼犬的母親痛苦接觸後，牠知道

最好的策略就是不要去招惹這些母親，離牠們愈遠愈好，而且看到牠們走過來時要盡快閃避。

不過，牠命中註定的剋星就是利嘴。這隻體型比牠大、年齡稍長又更爲強壯的小狗，偏偏挑上白牙做爲專供自己迫害的對象。白牙很樂意與牠對戰，但是自己個頭小了一號，對手實在太壯碩。利嘴成了牠的夢魘，每當白牙冒險離開母親身旁，這個惡霸就會出現、尾隨在後，不斷對牠咆哮和挑釁，而且只要逮到附近沒有人類的機會，便朝牠飛撲過來，引發戰端。利嘴總是在打鬥中獲勝，於是牠樂此不疲。這成爲牠生活中最大的樂趣，卻是白牙最大的苦惱。

但是這樣的結果並沒有嚇倒白牙。雖然多半是牠受傷，而且總是被打敗，牠的意志卻不曾屈服。只是這樣產生了一個不良的影響——牠變得既惡毒又孤僻。牠的天性生來就很野蠻，然而在毫無止境的迫害下變得更爲兇殘，很少再顯現出幼年時期的友善與好玩。牠從來沒有和營地裡的其他小狗嬉戲，利嘴不允許牠這麼做。只要白牙出現在牠們附近，利嘴就會馬上撲過去威脅恫嚇，甚至與牠發生打鬥，直到趕走白牙爲止。

這一切導致的結果是牠的童稚生活被剝奪了，牠的行爲變得比實際年齡更爲老成。無法藉由嬉戲宣洩過盛的精力，牠轉而磨練自己的心智。白牙變得很狡猾；牠有的是時間可以專注研究各種詭計。每到營地裡固定餵食狗群的時候，牠都搶不到自己的那份魚和肉，於是開始成爲一個熟練的竊賊。牠必須要爲自己尋覓食物，而且收穫不錯，儘管最後往往成爲婦女的心頭大患。牠學會狡詐鬼祟地穿梭在營地裡，瞭解每個地方發生的事，觀察、探聽之後又思索對策，想出各種方法與手段來擺脫自己那難以平撫的苦惱。

剛開始被欺負不久，白牙便耍了一次高明的詭計，初嘗報復的滋味。就像姬雪待在狼群時，她會將狗從人類的營地裡引誘出來加以獵殺，而白牙也利用類似的方式，引誘利嘴來到姬雪爲子復仇的雙顎前。

白牙假裝在利嘴面前節節後退，且戰且走，引誘著對手在營地裡竄進竄出，穿梭在不同的帳篷之間。牠是天生的快腿，跑起來要比同樣身材的小狗要快上許多，當然也比利嘴更快。但牠在追逐中並沒有全速奔跑，僅僅保持在追兵前面一步之遙。

利嘴激情的投入這場追逐，而且步步進逼前面的手下敗將，完全忘記要提防留意自己所處的位置——當牠發現身處何方時已經太遲了。牠全速疾奔繞過帳篷，正好衝向被木棍綁住的姬雪。牠發出一聲驚愕的尖叫，接著懲罰的雙顎便將牠緊緊咬住。雖然母狼被綁著，但是牠也無法輕易掙脫。母狼將牠推倒讓牠無法逃跑，然後張開一口利牙不斷撕咬。

最後牠終於滾出母狼的攻擊範圍，一身凌亂地踉蹌站起，肉體和心靈都深受創傷，咬傷處的毛髮糾結成一叢一叢的。牠站在原地，張開嘴巴，發出長長一聲小狗的傷心哀嚎。即使如此，事情還沒有結束。當牠才哀嚎了一半，白牙就衝了過去，狠狠咬住牠的後腿。利嘴再也沒有鬥志，倉皇地拔腿逃跑，而牠的對手一路窮追猛趕，一直把牠追到牠的帳篷邊。當婦女們跑出來幫牠解危時，白牙早已變成一個狂暴的惡魔，最後在一陣亂石齊飛下才被驅離。

終於有一天，灰鬍子認爲姬雪不會再想逃走，於是解開了她。白牙對於母親重獲自由感到非常高興，喜孜孜地陪著她在營地四處走動；而且，只要牠緊緊待在母親旁邊，利嘴就會保持在安全距離外。白牙甚至朝著牠豎起毛髮、耀武揚威地直走過去，但是利嘴不予理會。牠並不笨，儘管復仇之心多麼渴切，依然耐心等待著白牙落單的時機。

那天稍晚的時候，姬雪和白牙閒逛到營地旁的樹林邊。白牙故意一步步地帶領母親過來這裡；當姬雪停下腳步，白牙試圖引誘母親繼續往前走。小溪、狼穴和平靜的樹林都在呼喚著牠，而白牙希望母親一同前去。牠向前跑了幾步，停下來回頭張望。姬雪並沒有動。牠發出請求的嗚咽，頑皮地在矮樹叢裡竄進竄出，然後跑回母親身旁，舔一舔她的臉頰，又再次向前跑了幾步。姬雪依然沒有動。牠停下來注視著母親，看見她回過頭去凝視著營地，於是牠全身散發的熱切與渴望便慢慢消退了。

在開闊的荒野中有某種聲音正在呼喊白牙，姬雪也聽到了。但是她同時聽到另一個更響亮的呼喚，就是來自營火和人類的呼喚——這個呼喚摒除了所有動物，唯獨只要狼的回應，這是只對狼以及稱兄道弟的野狗所發出的呼喚。

姬雪轉身朝著營地慢慢跑回去，營地對她的羈絆比起木棍對於肉體的約束更爲強烈。那些神用無形而神祕的力量緊緊抓住她，不讓她離開。白牙坐在白樺樹蔭下輕聲嗚咽。牠聞到濃濃的松木味，空氣中瀰漫著淡淡的木頭香，不斷提醒牠想起以往沒有束縛的自在生活。但是牠仍然是個成長中的小狗，母親的呼喚比起那些人類或荒野的呼喚更爲強烈。在至今的短暫生命當中，牠完全依賴著母親，還沒有到獨立自主的時候。於是牠站起來孤伶伶地跑向營地，途中停下來一、二次，坐著低聲嗚咽，傾聽那依然在森林深處響起的呼喚。

在荒野裡，母親與孩子共處的時光很短暫；而在人類的控制下有時候甚至更短。白牙的遭遇便是如此。灰鬍子欠了三鷹的債。三鷹即將沿著馬更歇河前往大奴湖。灰鬍子用一塊紅布、一張熊皮、二十發子彈和姬雪來清償債務。白牙看到母親被帶上三鷹的獨木舟，企圖也跟上去。三鷹把牠一拳打回陸地。獨木舟推離岸邊，牠跳進水裡跟在後面拼命游，完全不顧灰鬍子要牠回來的厲聲叫喊。白牙連人類——牠眼中的神——都不顧了，因爲失去母親的恐懼實在太過可怕。

神通常是被大家遵從的，於是灰鬍子氣急敗壞地划著一艘獨木舟從後面追趕。趕上白牙之後，灰鬍子彎下身去抓住牠的後頸，把牠拎出水面。牠沒有立刻把小狼放進船裡，而是一手拎在半空中，另一手揮拳猛打。這眞是結結實實的一頓痛毆。牠下手極重，每一拳都疼痛難耐，而且接連揮了好幾拳。

雨點般的拳頭不斷重擊在身上，一會兒從左，一會兒從右，白牙就像急促擺動的鐘擺一樣來回晃蕩。牠的心中湧現一波波不同情緒。一開始，牠感到驚慌，接著就是一陣恐懼，隨著拳頭的重擊尖叫了幾聲。但是牠很快地便轉爲憤怒。不受約束的天性頓時浮現，牠大膽地朝著面前怒氣衝衝的神咧嘴咆哮。這麼一來使得神更爲暴怒，拳頭來得更快、更重，也更疼痛。

灰鬍子不斷毆打，白牙不停狂吼。但是，這個場面不可能永遠僵持下去，總有一方得先停止，而投降的一方是白牙。恐懼的情緒再度席捲全身。這是牠第一次遭受眞正的粗暴對待，之前偶爾受到的棍打石擊相較起來簡直就只像是輕撫。牠終於支撐不住，開始尖叫哀嚎。每挨一拳，就叫一聲；這時候恐懼轉換成驚駭。直到最後，尖叫聲已連綿不絕，不再隨著懲罰的節奏一拳一聲。

灰鬍子終於停下手。白牙全身癱軟地懸在半空中，繼續發出哀嚎。牠的主人似乎感到滿意，粗魯地把牠摔在船底上。在這段時間裡，獨木舟一直順著溪水往下漂，於是灰鬍子要撿起船槳。白牙擋住了他的去路，被他野蠻地一腳踢開。就在此時，白牙不受控制的天性再度浮現，狠狠咬住了灰鬍子的鹿皮軟靴。

剛才的痛毆與現在遭受的一陣毒打比較起來，完全不算一回事了。灰鬍子的狂怒非常嚇人，白牙的驚恐也到了極點。牠不僅遭受拳打，堅硬的木槳也落在身上；當牠再次被拋到船底時，小小的身軀已是遍體鱗傷。灰鬍子故意再踢牠一腳，白牙這次可沒有再攻擊靴子了。白牙對於自己的束縛又學到一次教訓。無論在任何的情況下，絕對不要膽敢去咬那主宰與統治自己的神；神的身體是不可侵犯的，絕不能被牠這種動物的牙齒所褻瀆。這麼做顯然是最大的罪過，犯此過錯者必定得不到寬恕與原諒。

獨木舟靠岸後，白牙動也不動地躺著，等待灰鬍子的旨意。灰鬍子要牠上岸，於是牠被扔到岸上，腰側重重摔在地面，原本的腫脹疼痛又傷得更重了。牠渾身顫抖地爬到灰鬍子的腳旁，站著不斷抽噎。利嘴在溪岸目睹整個過程，這時候衝向白牙就是一陣狂踢猛咬。白牙早已無力抵抗，若不是灰鬍子一腳把利嘴踢到半空、狠狠地跌落在十多碼外，牠不知道還會吃多少苦頭。這就是人類的公正，即便這時已經陷於淒慘的處境，白牙還是湧起了一絲感謝之心。牠一瘸一拐地乖乖跟在灰鬍子的後頭，穿過營地回去帳篷。於是牠瞭解到，懲罰是眾神保留給自己的特權，在他們底下的次等生物是不允許執行這項權力的。

那天夜裡，當一切寂靜沉睡時，白牙想起自己的母親，不禁悲傷得哀嚎起來。牠哀嚎得太大聲，吵醒了灰鬍子，又挨了一頓痛打。從此之後只要附近有神，牠就只敢輕聲哀慟。但是有時牠會獨自走到樹林邊，大聲啜泣、慟哭，宣洩心中的悲痛。

這段期間，牠原本可能會在追憶狼窩與小溪的往事後，奔回荒野大地。但對母親的思念制止了牠。打獵的人類往往出去了又回來，那麼母親總有一天會回到營地。所以牠繼續待在束縛之下，等待母親的歸來。

但是這個束縛也不全然是痛苦的。有不少事情會引起牠的興趣，有些還會一而再、再而三地發生。這些神有做不完的奇怪事情，牠總是好奇地觀望著。此外，牠也學著如何與灰鬍子相處。牠只需乖乖的、一板一眼、確實服從，就可以符合灰鬍子的要求；相對的，牠就可以免於挨揍，牠的存在是被允許的。

不僅如此，有時候灰鬍子還會親自扔一塊肉給牠，而且幫牠趕走其他的狗，免得這塊肉被搶走。這樣的一塊肉彌足珍貴，似乎比起從婦女手中得到的十幾塊肉還要有價值。灰鬍子從來不會寵愛或撫弄白牙。也許是因爲拳頭太重，或者是因爲公正，也可能純粹是因爲他的權力，這一切都教化著小狼；白牙和那暴戾的統治者之間正在形成一種密不可分的連結。

不知不覺中，經由潛移默化的方式，同時藉由棍棒、石塊和拳頭的力量，爲白牙銬上了束縛的桎梏。當初牽引著牠的同類走向人類營火的特質，是可以被調教進化的特質。這些特質在白牙的身上逐漸成長，同時也讓牠默默接受了充滿苦難的營地生活。不過白牙並不自覺，牠只知道失去姬雪的悲痛，期盼著她的歸來，以及強烈嚮往著過去那種自由自在的生活。

第三章 排擠

利嘴的行徑讓白牙的日子蒙上陰影，使牠變得比原本天性更爲邪惡和殘暴。兇猛是白牙的本質，但是牠展現的兇猛卻遠遠超過該有的程度。牠的邪惡在人類之間早已聲名遠播。只要營地裡發生任何騷動或麻煩，不論是打鬥、爭吵、或者某個婦女因爲失竊肉塊而大呼小叫，他們發現都與白牙脫不了關係，通常罪魁禍首就是牠。人類不會費心探究牠胡作非爲的原因，他們只看結果，而結果都是壞的。牠是鬼鬼祟祟的竊賊，惡作劇的源頭，惹事生非的傢伙。當牠機伶地看著那些憤怒的婦女，準備閃躲任何砸過來的東西時，這些女人總是指著牠的臉大罵牠是毫無價值的狼，註定要成爲一個惡魔。

在這人狗眾多的營地裡，白牙發現自己成爲被排擠的對象。所有的小狗都跟著利嘴走，與牠保持一定距離。也許牠們嗅出牠來自於荒野叢林的血統，於是直覺地把牠視爲敵人，就像家犬看到野狼一般。牠們與利嘴聯手欺負牠，而且一旦與牠公開宣戰，便覺得有充分理由可以不斷找牠麻煩。這些小狗不時一個個前來試探牠的牙齒，讓白牙感到得意的是自己施予的回擊比受到的傷害更多。若是要單打獨鬥，許多小狗都不是白牙的對手；不過牠等不到單打獨鬥的機會。只要打鬥一開始，營地裡的所有小狗都會跑來攻擊牠。

牠從這種集體欺凌學到兩件事：如何在混戰惡鬥中照顧好自己，以及如何在最短的時間內針對單一對手給予最大的傷害。他了解在群敵環伺中，站穩腳步便能保住性命。於是牠變得像貓一樣隨時可以站穩身體。即使那些大狗仗勢著自己的體重，會朝牠迎面或側面撞擊；牠被撞飛到空中，或者倒地滾上好幾圈，但是最後總能伸直四肢，穩穩當當踩在地上。

狗在打鬥時，正式攻擊前通常會有些預備動作——咆哮、聳毛、昂首伸腿。但是白牙學著把這些都省略，任何的延遲都會導致所有的小狗一擁而上。牠必須迅速出擊然後逃開，於是學會了不動聲色。在對手還來不及應戰前，牠就毫無預警地瞬間飛撲猛咬。此外，牠也學會如何快速地重傷對手，還知道乘人不備的優勢。一隻狗若疏於戒備，在還不知道發生什麼事之前便被撕咬得渾身是傷，那麼牠就已經輸了一半。

況且，要撞倒一隻受到偷襲的狗是輕而易舉的事；當牠倒地之後，一時之間必然會露出脖子下方的柔軟部位，這是容易受傷的致命點。白牙知道這處要害，世世代代的狩獵狼族將這個知識直接遺傳給牠。因此白牙發動攻擊的方式是：首先找到一隻落單的小狗，接著突襲小狗、把牠撞倒，然後用自己的牙齒咬住那柔軟的喉嚨。

由於還在成長階段，牠的雙顎不夠強大有力，這種喉部攻擊不足以致命；不過許多小狗在營地四周走動時喉嚨都已經帶著撕裂的傷痕，白牙的意圖也就顯而易見。有一天，牠在樹林邊逮到一隻落單的敵人，於是不斷撞倒對方、攻擊喉嚨，終於咬斷了小狗的大動脈，奪走牠的性命。那天晚上在營地掀起一片譁然。牠的暴行被看到，消息傳到死去小狗的主人那兒，婦女們也全都想起了牠接二連三偷取肉塊的罪狀，灰鬍子被一片憤怒的指責聲團團圍住。但是他堅決闔上帳篷，把罪犯留在裡面，不允許他的族人進行報復。

白牙在營地裡變成人與狗都痛恨的對象。在牠成長的歲月裡，從來沒有得到片刻的安寧，每一隻狗、每一個人都與牠爲敵。同類碰到牠就是一陣咆哮，神看見牠就是咒罵連連、飛石滿天。牠活在緊繃的狀態下，總是提高警覺，不但要留意出擊的良機，還要愼防被攻擊。牠得注意天外突然飛來的石塊，又要隨時可以沉著而迅速地採取行動——撲上前去猛咬一口，或者跳到一旁大聲咆哮。

牠的咆哮比起營地裡的任何一隻狗都要來得可怕，不管大狗或小狗都一樣。

這些咆哮的目的是要警告或者威嚇，端看當時的狀況而定。白牙知道何時應該咆哮，以及如何達到目的。牠的咆哮結合了兇狠、惡毒與恐怖；鼻子不斷抽搐皺起，毛髮一波波倒豎聳立，鮮紅的舌頭像蛇一樣伸進伸出，耳朵向後壓低，眼睛閃耀恨意，咧開雙唇，露出淌著口水的牙齒，所有的攻擊者都會被牠震懾而停頓下來。在這短暫的停頓，對方鬆懈警戒的時刻，牠就可以思考並且決定採取什麼行動。不過這種停頓通常會持續下去，一直到對方停止攻擊，白牙的咆哮已經足以讓自己在許多大狗面前安然脫身。

既然白牙被小狗們排擠在群體之外，牠的血腥手段和非常有效的攻擊方式就要牠們因爲迫害自己而付出代價。牠不被允許跟著狗群奔跑，結果演變成料想不到的狀況，就是沒有任何一隻狗敢脫隊跑在狗群之外。白牙不允許這種情況發生。牠的奇襲與伏擊戰術嚇得小狗不敢獨自亂跑。除了利嘴，牠們被迫聚集在一塊兒，互相提防這個被自己塑造出來的敵人。如果一隻小狗獨自跑到河岸，將意味著這隻小狗會丟了性命，或者牠會帶著驚懼痛苦的尖叫，從小狼伏擊的地點一竄逃回到營地，引起一陣騷動。

即使小狗們已經徹底明白自己必須待在一起，白牙的復仇卻從來沒有停歇。牠趁著牠們落單的時候發動攻擊，而牠們利用集結成群時對牠反擊。小狗們一看到牠便會窮追猛趕，而牠敏捷的身手總是可以擺脫狗群。倒楣的是那一馬當先的小狗！白牙學會突然回頭撲向領頭的追逐者，在狗群趕到之前便把牠撕咬個夠。這種情況經常發生，因為只要響起一片狂吠，這些小狗就會激動得忘情追趕，而白牙從不會失去冷靜。牠一邊跑一邊瞄向後方，隨時準備返身撲向那個興奮過度、跑過頭的追逐者。

小狗離不開嬉戲，牠們從這種模擬戰役的驚險狀況中體會到嬉戲的樂趣，於是追逐白牙成為牠們主要的遊戲——一種會致命的、絕不能開玩笑的遊戲。另一方面，白牙的腳程最快，反倒可以無所顧忌地四處遊蕩。牠在殷切等待母親回來的日子裡，無數次領著瘋狂追逐的狗群，穿越一座座的樹林。狗群毫無例外總是追丟，牠們的喧譁與叫囂暴露了自己的行蹤；白牙獨自踏著輕盈的步伐，跟自己的父母一樣，如同幻影般悄然無聲地穿梭在樹林間。再說，相較於那些狗，牠與荒野的連結更為緊密，對於荒野的奧祕與策略更為了解。牠最愛用的招術便是利用流水湮滅自己的足跡，然後靜靜趴在附近的樹叢裡，聽著牠們環繞四周的徒勞叫聲。

在遭受同類與人類永無止盡的憎恨下，白牙不斷地被挑起爭端，也不斷地發起戰鬥，牠的成長是快速而片面的。在牠身上絕對看不到仁慈與溫情，甚至連散發一絲光芒也不可能。牠所學到的生存法則是服從強者，欺壓弱者。灰鬍子是神，是一個強者，因此白牙服從他。但是比牠年輕或嬌小的狗是弱者，應該要被毀滅。牠的成長著重在力量，爲了要應付接踵而來的傷害、甚至死亡的危險，掠食與防衛能力發展得超乎尋常。牠變得比其他的狗動作更迅速，腳步更敏捷，比牠們更狡猾、更危險，體態更輕盈，更具有鋼鐵般的肌肉與筋腱，更有耐力，而且更殘酷、更兇惡，以及更有智慧。牠必須具備這一切，否則無法在這充滿敵意的環境中堅持下去，甚至難以生存。

第四章　神的蹤跡

秋天到了，白晝逐漸變短，天氣開始出現冰冷寒意，這時白牙抓住了一個獲得自由的機會。幾天以來，村落裡到處都是吵鬧聲。夏季營地即將撤除，整個部落收拾起包袱行囊，啓程展開秋季狩獵。白牙帶著熱切的眼神在一旁觀望，看著人們拆卸帳篷，將岸邊的獨木舟裝滿行李，牠明白是怎麼回事了。獨木舟相繼離岸，有些已經順著河流消失無蹤。

幾經考慮，白牙決定要留下來。牠等待時機，然後溜出營地跑到樹林裡。藉著逐漸結冰的溪水隱藏自己的足跡，牠爬到濃密的灌木叢深處靜靜等候。時間不知不覺過去，牠斷斷續續睡了好幾個小時。然後，牠被灰鬍子呼喚自己名字的叫喊聲吵醒。白牙還聽到其他的聲音，灰鬍子的妻子和兒子米沙也都加入搜尋的行列。

白牙嚇得發抖，雖然有一股衝動想要爬出躲藏的地方，最後還是忍住。不久之後，呼喊聲漸漸遠逝；再等了一段時間，牠躡手躡腳地走出樹叢，爲成功的行動感到沾沾自喜。天色漸暗，牠在樹林間嬉戲了好一會兒，享受著自由自在的時光。接著，孤獨的感覺突然來襲。牠若有所思地坐了下來，傾聽著樹林間的寂靜，心情紛擾不安。四周毫無動靜，盡是一片不祥的死寂。牠感覺到週遭潛藏著一種看不到、猜不透的危險，懷疑那濃密陰森的樹林和幢幢暗影中埋伏了各種駭人的事物。

氣候變得寒冷，附近沒有任何帳篷可以依偎取暖。腳下踩著冰霜，牠不斷左右交替抬起前腳，毛絨絨的尾巴也捲到前面遮蓋保暖。此時，白牙的眼前出現幻影。其實這也難怪，牠的腦海裡深深銘記著連串的影像；牠再次看見營地，還有許多的帳篷，以及一堆堆的熊熊營火。牠彷彿聽到婦女尖聲的嗓音，男人低沉的咕噥，還有狗群的咆哮聲。牠餓了，這時候想起人們會拋給牠吃的肉塊和魚。這裡沒有肉，只有嚇人又不能填飽肚子的寂靜。

人類的束縛軟化了牠的個性，不必承擔求生的責任讓牠變得軟弱。牠已經忘記如何自行謀生。朦朧黑夜令牠呵欠連連。牠的感官已經習慣營地的吵雜與喧擾，適應影像跟聲音不斷的衝擊，現在反倒變得遲鈍。在這裡沒有事情可做，也看不到或聽不見任何動靜。牠繃緊神經，想要捕捉任何一絲打破大自然寂靜的東西，結果週遭的死寂與大難將至的感覺卻令牠驚恐萬分。

一片形體不明的龐然大物掠過眼前，令白牙大吃了一驚。原來天上的雲層快速散退，月光投射的樹影灑落在地上。放下心中的疑慮後，牠輕聲地嗚咽；但是又怕吸引潛藏危險的注意，於是牠抑制了嗚咽。

一棵樹在暗夜的低溫下發出收縮的巨響，聲音就來自正上方。牠嚇得狂嗥不已，心裡一陣恐慌，於是朝著營地的方向拔腿飛奔。牠的心裡有一股無法克制的慾望，想要得到人類的保護與陪伴。牠的鼻子充滿著營火的煙燻味，耳朵裡響起營地的喧鬧與叫喊。牠跑出樹林，奔向沒有陰影、黑暗，充滿明耀月光的廣闊空地。但是眼前並沒有村落。牠忘記了，村落早已撤離。

飛快的腳步戛然而止。現在沒有地方可以走避，牠孤單地潛行在空蕩的營區裡，嗅著成堆的垃圾和被神丟棄的碎布。這時候若是有個憤怒的婦女朝牠丟擲石塊，或者灰鬍子賞牠狂暴的一拳，牠都會欣然接受；就算是見到利嘴和那群不斷咆哮的膽怯小狗，牠也會愉悅地迎上前去。

白牙走到原來是灰鬍子帳篷的位置，在這塊空地的中央坐了下來，仰起鼻尖朝向月亮。牠按捺不住喉嚨的陣陣顫抖，張開嘴巴，發出一聲傷心的嗥叫，宣洩著心中的孤寂與恐懼、對於姬雪的哀愁、過往經歷的悲傷與苦難，以及面對目前遭遇和未來險境感到的憂慮。這是牠首次發自喉嚨深處的一聲淒厲長嗥。

破曉的天光驅走了牠的恐懼，卻加深了心中的孤寂。眼前的這片空地不久之前還是人聲鼎沸，使得孤獨感更加強烈。沒過多久，牠下定決心衝進樹林，沿著河岸向下游奔去。持續跑了一整天都沒休息，牠似乎打算一直跑下去。牠那鋼鐵般的身體完全不顧疲累，即使跑得筋疲力竭，天生的耐力督促自己不可停歇，驅策困頓的身軀繼續前進。

當遇到河水曲折穿過懸崖峭壁的地方，白牙便攀登後面的高山過去。遇到河流與小溪匯入主流的地方，牠就游泳或涉水而過。牠經常踩上剛形成的薄冰，而且好多次都踏破冰面，跌落寒冷的急流中掙扎求生。只要遇到可以離開河流通往內陸的地方，牠一定會仔細搜尋神的蹤跡。

白牙比起一般牠的同類要聰明許多，但是心智的視野還不足以寬廣到擴及馬更歇河的對岸。萬一神的蹤跡通往對岸，該怎麼辦呢？牠的腦袋從未想過這個問題。也許一段時日後，當牠走過更多旅程，年紀更大、變得更有智慧，認識更多的路徑與河流時，牠便可以掌握並且領悟到這種可能性。但是目前的心智還沒有發展得那麼高，牠只是在盲目奔跑，能夠想到的是自己所處的馬更歇河這一岸。

牠徹夜奔波著，在黑暗中碰上了許多的麻煩與阻礙，雖然耽擱了行程，卻沒有讓牠氣餒。到了第二天中午，牠已經連續跑了三十個小時，鋼鐵般的肌肉也氣力用盡，全憑著堅持的意志繼續前進。牠有四十個小時沒有進食，飢餓使牠虛弱無比。一再跌落冰冷的水裡對牠產生了影響，漂亮的皮毛變得又濕又髒，寬闊的腳掌傷痕累累。牠的步伐變得一跛一拐的，而且傷口隨著時間加劇。更糟糕的是天色陰沉下來，空中開始飄雪——那陰冷、潮濕、軟綿而泥濘的雪花，不僅讓腳底打滑，還覆蓋住地面、遮掩了崎嶇的地勢，讓牠走起路來更加艱辛與疼痛。

灰鬍子原本打算夜晚在馬更歇河的對岸紮營，因爲那是前往狩獵的方向。但是就在天色將暗時，灰鬍子的妻子克魯庫姬瞧見一隻駝鹿來到這一邊的河岸喝水。

所以，若不是駝鹿跑來喝水，若不是米沙因爲下雪而把船划偏了方向，克魯庫姬又看到了駝鹿，而且灰鬍子還幸運地一槍射殺了駝鹿，接下來發生的事情可能就完全不同。灰鬍子可能不會在馬更歇河的這邊河岸紮營，白牙也可能錯過他們繼續走下去，不是死在野地，就是遇見牠在荒野的兄弟，加入牠們的行列——終其一生當一匹狼。

夜幕低垂，雪花飛落得更爲濃密，白牙低聲暗自嗚咽，跌跌撞撞地向前跛行，突然看見雪地上有一道嶄新的足跡，並且立刻知道這是什麼東西留下的。牠發出渴切的咕噥聲，從河岸循著足跡走到樹林間，耳中傳來營地的聲音。牠看到營火的亮光，克魯庫姬在烹煮食物，灰鬍子蹲在地上，嘴裡嚼著一塊生肉脂。營地裡有新鮮肉食！

白牙預料自己會被打。一想到如此就令牠伏低身軀，毛髮直豎起來。牠再度往前走，對於即將面臨的痛毆感到既害怕又厭惡，但是牠也知道，在那等待自己的還有溫暖的營火，神的保護，以及狗群的招呼——關於最後一項，雖然是一種敵意的招呼，至少可以滿足牠群居的需求。

牠畏畏縮縮地爬到火光下。灰鬍子看見牠，停止咀嚼口中的生肉脂。白牙緩緩地匍匐前進，表現出謙卑與服從，直朝著灰鬍子而去，每一步都變得愈加緩慢而吃力。最後，牠趴在主人的腳邊，心甘情願地將自己的身體與靈魂奉獻出來。

出於自己的選擇，牠來到人類的營火旁，接受牠的統治。白牙顫抖的身軀等待即將到來的懲罰。那隻手在頭頂上方移動著，牠不自主地瑟縮起來。但是懲罰並沒有落下。牠偷偷地朝上瞄了一眼，灰鬍子正把肉脂撕成兩半，然後將其中一半分給牠！白牙帶著疑惑的心情，輕輕聞了一下肉脂，然後開始吃它。灰鬍子吩咐旁人拿給牠肉，並且親自看守著不讓其他的狗搶走。吃完之後，白牙感激而滿足地蹲伏在灰鬍子的腳跟旁，注視著溫暖的營火，安心地眨著眼睛打起瞌睡；因為牠知道，等到明天旭日東昇時，自己不會再孤單地徘徊於無垠的荒涼樹林間，而是置身於人類的營地中，與那些牠已歸順並且賴以生存的神待在一起。

第五章　契約

十二月的下旬，灰鬍子出發前往馬更歇河上游，米沙和克魯庫姬也一起同行。灰鬍子自己駕著一部雪橇，拖曳的狗群是他經由交易或商借得來的。第二部比較小的雪橇由米沙駕馭，拉著雪橇的是一支小狗隊伍。雖然看起來像是兒戲，米沙仍然感到很興奮，因爲他覺得自己開始從事男人的工作。此外，他可以學習如何操控和訓練狗群，小狗們也逐漸適應拖曳的任務。更何況小雪橇載了將近兩百磅的裝備與食物，的確也幫了灰鬍子不少忙。

白牙曾經看過營地的狗套著輓具幹活，因此當牠第一次被套上輓具時，心裡並沒有太多的埋怨。牠的脖子被套上一個覆滿青苔的項圈，由兩條韁繩連結到環繞胸口和背部的輓帶，再綁上一條拖著雪橇的長繩索。

小雪橇的隊伍有七隻小狗。其他的狗比較早出生，大約都有九到十個月大，唯獨白牙是八個月大。每隻狗分別用一條繩索繫在雪橇前面，這些繩索的長度都不一樣，相差至少一隻狗的身長，繩索末端綁在雪橇前面的扣環上。雪橇本身沒有滑槽，它是用樺樹皮做成的平底雪橇，前端向上翹起避免剷進雪堆裡。因爲現在的積雪只是結晶的粉末，質地非常鬆軟，而這種平底結構可以讓雪橇與載貨的重量最廣的平均分佈在雪面上。依據分散重量在最廣範圍的原理，這些小狗也繫著繩索從雪橇前端以扇形向外擴散，如此一來就不會重複踏在其他狗的足跡上。

此外，這種扇形的編隊還有其他功用。不同長度的繩索可以防止後面的狗攻擊前面的狗；一隻狗若要攻擊其他同伴，只能回頭撲向後面的狗，如此一來牠便要遭遇正面衝突，同時還會受到趕狗人的鞭打。但其中最大的好處是，後面的狗若想攻擊前面的狗，牠就得拖著雪橇跑得更快才行。當雪橇行進的速度加快，遭受攻擊的狗也可以跑得更快。因此，後面的狗永遠都趕不上前面的狗；牠跑得愈快，被追的狗也隨之加快，於是所有的狗都跟著提高速度，雪橇也就飛快奔馳。就這樣，藉由狡猾的詭計，人類提升了對這些動物的掌控。

米沙酷似他的父親，也擁有父親的許多老練智慧。過去他曾看到利嘴欺負白牙，但那時候牠是別人的狗，米沙頂多只敢偶爾朝牠扔擲石塊。現在利嘴是他的狗了，他把牠繫在最長的繩索前面來進行報復。於是利嘴成了領頭狗，表面看來這是一項殊榮，實際上一點也不光采。原本在小狗群裡是帶頭的惡霸，如今牠發現自己成了整個隊伍所痛恨與欺負的對象。

因爲牠跑在最長繩索的前端，所有的狗總是看著牠在前頭飛奔。牠們只會看到牠濃密的尾巴與狂奔不止的後腿——這幅景象遠不如牠豎起鬃毛、齜牙裂嘴那般兇猛可怕。此外，狗群看到牠在前面奔跑，很自然地想要追趕上去，並且覺得牠在逃避牠們。

從雪橇出發的那一刻開始，整隊小狗從早到晚都在追逐利嘴。最初基於憤怒和維護自己的威嚴，牠會不時回頭對付後面的追逐者；不過這時米沙總會朝著牠的臉揮舞著三十呎長的軟鞭，迫使牠回過頭去繼續奔跑。利嘴可以對付狗群，卻對付不了長鞭，牠唯一能做的就是拉緊繩索，努力跑在前頭，以免同伴咬到自己的身體。

但是這印第安人的心裡還埋藏著更大的詭計。爲了要引發狗群不斷追逐牠們的領袖，米沙處處偏袒利嘴，以便激起其他小狗的嫉妒與恨意。在狗群面前，米沙會拿肉給利嘴吃，而且只有給牠。這樣的舉動讓其他的小狗更爲憤怒。當利嘴在米沙的保護下痛快吃肉，牠們只能在鞭子的範圍外爲之氣結。而且有時明明沒有給牠肉，米沙仍會把狗群趕到老遠，讓牠們相信利嘴有肉可吃。

白牙欣然從事自己的工作。牠比其他的狗花了更多的功夫才歸順在神的統治下，而且更徹底瞭解到反抗神的意志沒有任何好處。再說，狗群過去對牠的欺凌使得白牙根本不在乎牠們，反倒比較重視人類。牠並沒有學到如何依賴同類爲伴，也幾乎淡忘了姬雪，唯一展現出的是牠對視之爲主人的神表達忠誠。牠賣力工作，遵守紀律，而且安份守己。牠之所以辛苦工作是出自於虔誠與心甘情願，這是狼和野狗接受馴養時最基本的特性，而白牙表現得更是異常強烈。

白牙與其他的狗之間的確存在某種互動關係，但這是交戰和敵意的關係。牠完全不懂如何與牠們嬉戲，只知道如何打鬥。比起以往利嘴帶領小狗對牠施以的撕咬，白牙現在則以兇猛百倍的方式加以回報。但是利嘴現在已經不再是領袖，除了繫上繩索、拖著雪橇時，一定跑在同伴的前面。在營地裡，利嘴都時時緊跟著米沙、灰鬍子或者克魯庫姬，牠不敢冒險離開神的身邊，因爲現在其他的狗都與牠作對，也讓牠飽嘗以往白牙遭受欺負的苦頭。

利嘴失去地位後，白牙原本可以成爲狗群的領袖。但是牠太過暴戾與孤僻，要麼就是攻擊同伴，不然就是對牠們不理不睬。小狗們見到牠走過來都會加以閃避，即使膽子最大的也不敢去搶牠的肉。相反地，牠們會狼吞虎嚥地匆忙吃完自己的肉，就怕被牠搶走。白牙非常明白這條法則：欺壓弱者，服從強者。牠會盡快吃完自己的那份肉，然後去搶奪還沒吃完的小狗的。一聲咆哮，亮出獠牙，那些狗只能眼睜睜看著白牙吃掉自己的食物，對著滿天星斗忿忿不平地哀嚎。

然而每隔一小段時間，就會有一、兩隻狗想要奮起反抗，但是立刻就會被平息。因此白牙隨時保持在備戰狀態，小心守護著自己在狗群中的獨處地位，經常爲此不惜一戰。通常這種打鬥歷時很短，因爲牠的動作實在太快。對於其他的狗來說，在牠們還沒反應過來之前就被咬得皮開肉綻，打鬥還沒開始便遭擊退。

白牙在同伴間維持的紀律，就如同神要求雪橇隊伍的紀律一般嚴密。牠不允許牠們有任何轉圜的餘地，也迫使牠們隨時對牠保持尊敬。牠們在狗群裡愛做什麼都可以，全都不關牠的事。牠所在意的就是不要干擾牠的獨處，當牠走過狗群時，牠們必須要讓開道路，並且時時承認牠的統治地位。只要牠們稍微挺一挺腿、掀一下唇或豎一下毛髮，牠會毫不留情地修理牠們，讓牠們立刻知道自己的錯誤行爲。

牠是一個殘忍的暴君。牠的統治如鋼鐵般嚴厲。牠以欺壓弱者作爲報復。這一切與幼年時期的無情遭遇不無關係——牠與母親孤苦無依的在蠻荒野地裡自食其力、奮力求生。同時，從生活中學習到強者經過時要放輕腳步的經驗也有所影響。牠欺壓弱者，但是尊敬強者。在跟隨灰鬍子的漫長旅程中，每當遇到陌生人類的營地，牠走在大狗群中必定放輕腳步。

幾個月過去了，灰鬍子的旅程依舊沒有停止。長途跋涉加上持續辛苦地拖曳雪橇，使得白牙變得更爲強壯，似乎就連心智也發展完成。牠對自己生活的世界有相當的瞭解。牠的觀點嚴峻且現實。在牠眼中，這是一個險惡殘酷的世界，沒有溫暖，完全不存在著撫摸、關愛與心靈上的開朗愉悅。

牠對灰鬍子並沒有感情。正確地說，他是一個神，卻是最野蠻的神。白牙樂於承認他的統治地位，但是這個地位是建立在高超智慧與粗暴力量上。白牙的性格中有某種因素使牠嚮往這種統治，否則就不會從荒野中跑回來向他表達忠誠。牠有一些深沉的天性未曾被觸及。只要灰鬍子一句親切的話語，一個關愛的撫摸，或許就能激起這些深沉的天性。但是灰鬍子既不會撫摸，也不會說出溫柔的話語，這不是他的作風。他的本性是野蠻，所以他用野蠻統治狗群，用棍棒主持正義，用毆打的疼痛來懲罰過錯，對於有功獎賞時不是給予友善對待，只是免除一頓毒打而已。

白牙並不知道人類的手可以帶給牠極爲愉悅的感受。而且牠不喜歡人類的手，對它們抱持著猜忌。有時候它們的確會拋來幾塊肉，但是更常做的卻是造成傷害，因此必須要遠離人類的手。它們會丟擲石塊，揮舞棍棒和鞭子，還會掌摑與出拳；只要被人類的手觸碰，準是又捏又扭的故意傷害。牠曾在陌生的聚落裡遭遇過小孩的手，深切認識到它們會多麼殘忍地製造傷害，甚至有一次自己的眼珠子險些被一個蹣跚學步的娃兒給挖出來。這些經驗讓牠對於所有的小孩都疑心重重，無法忍受他們。當他們帶著不祥的手走近時，牠便會繃緊神經。

來到大奴湖畔的一個聚落，因爲一次對人類的手所做惡行表達的憤怒，白牙因此也修改了從灰鬍子那兒學到的一條法則：咬傷神的手是不可饒恕的罪過。

這天在聚落裡，白牙依循所有營地中每一隻狗的慣例，四處尋找食物。一個男孩正在用斧頭劈砍冰凍的鹿肉，肉屑飛到雪地上，覓食中的白牙路過此地，於是停下腳步吃起肉屑。牠看到男孩放下斧頭，拿起一根結實的短棍。白牙立刻跳開，剛好躲過落下的一擊。男孩在後面緊追不捨，而牠這個外來客則是從兩頂帳篷間竄逃，結果發現自己被一道高聳的土堤擋住。

白牙無處可逃，唯一的去路在兩頂帳篷之間，卻被男孩緊緊看守住。他步步進逼，拿著短棍準備朝向受困的動物發起攻擊。白牙怒火中燒，面對著男孩豎直毛髮、大聲咆哮，深深感到自己被冒犯了。牠知道覓食的規矩，所有廢棄的肉——包括冰凍的肉屑——都屬於發現它的狗所有。牠沒有做錯事，也沒有違反規矩，但是這個男孩卻要準備揍牠一頓。盛怒之下，白牙不清楚自己做了什麼，牠的動作如此迅速，連男孩也不知道發生什麼事，只發現自己莫名其妙地倒在雪地上，拿著短棍的手被白牙咬出大片傷口。

但是白牙知道自己違反了神的法則。牠咬了一個神的神聖肉體，必然會遭受最嚴厲的懲罰。牠逃向灰鬍子那邊，蹲伏在主人的腳跟後面尋求庇護，看著被咬的男孩與他的家人前來討回公道。這些人並沒有得逞，灰鬍子護著白牙，米沙和克魯庫姬也是一樣。白牙聽到他們唇槍舌戰，看見他們憤怒的手勢，心裡了解到自己的行為是正當的。於是牠認識到神的差別。除了牠自己的神，還有其他的神，他們之間有所不同。不論自己的神公不公平，都得接受神的雙手對自己的處置。但是牠不用被迫接受其他神不公平的對待。牠有權力用牙齒回敬他們，這也是神的一項法則。

這一天還沒結束，白牙對於這項法則又有更進一步的認知。米沙獨自在樹林裡撿拾柴薪，碰上被咬的男孩與其他幾個孩子。他們發生激烈爭執，然後所有小孩群起圍攻米沙，雨點般的拳頭從四面八方落在他身上，讓他吃盡苦頭。起初白牙只是在一旁觀望，那是神的事，與牠自己無關。然後，牠突然瞭解到那是米沙，是自己的眾神之一，正遭受到粗暴的對待。白牙未經思索便衝向前去，憤怒地跳進打鬥的人群中。五分鐘之後，這些孩子四散奔逃，許多人的鮮血滴在雪地上，這表示白牙的牙齒可沒閒著。當米沙回到營地告訴大家這段故事後，灰鬍子吩咐賞肉給白牙，而且要求拿很多肉過來。白牙飽餐一頓後躺在營火旁打盹，心裡明白這項法則已經獲得證實。

根據這些經驗，白牙也學到有關財產的法則，以及守護財產的義務。從保護神的身體到保護神的財產算是向前邁進一步，而牠跨出了這一步。保護神的財產是要防範所有的對象——就算咬傷其他的神也無妨。這不但是褻瀆神明的行爲，而且充滿危險。神的能力無限，狗根本無法與其對抗；不過白牙學會勇猛無懼地迎向他們。牠的責任感超越了心中的恐懼，也讓竊賊知道別碰灰鬍子的東西。

很快地，白牙也認識到一件相關的事，那就是竊賊通常都是膽小的神，只要一聽到警告聲就會拔腿逃跑。同時牠也知道，只要自己發出警告聲響，灰鬍子很快就會前來助陣。牠漸漸明白竊賊害怕的不是自己，而是灰鬍子。白牙的警告不是大聲吠叫，牠從來不會大聲吠叫。牠採取的手段是直接撲向入侵者，如果可以的話還會咬上一口。因爲牠總是孤僻獨處，不跟其他的狗打交道，於是特別適合看守主人的財產。在這一方面，灰鬍子鼓勵並且訓練牠，造成的結果之一是讓白牙變得更兇暴、更無所畏懼，而且更孤僻。

幾個月過去，狗與人之間的契約愈來愈緊密。這正是第一隻從荒野走進營地的狼與人類立下的那種古老約定。如同許多曾經相繼履行契約的狼與野狗，白牙實踐著自己的這份約定。條件很簡單：若要擁有血肉之軀的神，就得用自己的自由來交換。白牙從神那裡得到食物與營火、保護與友誼，而牠要以守護神的財產、保衛他的身體、爲他工作、服從他的命令作爲回報。

擁有一個神意味著要爲他效勞。白牙的付出是基於責任與敬畏，卻不是基於愛。牠不知道愛是什麼，也未曾體驗過愛。姬雪已是遙遠的回憶。此外，當牠把自己奉獻給人類時，不僅放棄了荒野生活與牠的同類，而且依據約定，假如未來再遇到姬雪，牠也不能遺棄自己的神隨她離去。對於人類的忠誠似乎成爲牠自己的法則，而且更勝於牠對自由、同類與親屬的熱愛。

第六章　饑荒

將近春天的時候，灰鬍子結束了漫長的旅途。當時是四月，滿週歲的白牙拖著雪橇回到原本的聚落，米沙爲牠卸下輓具。雖然距離發育成熟還很早，但是白牙已經是聚落裡僅次於利嘴最大的一歲狗。牠遺傳了狼父親與姬雪的體格與力量，身材已經和成熟的大狗齊鼓相當，只是還不夠結實。牠的體型瘦長，肌肉強既但非厚實，皮毛是純正的狼灰色，從外表看來就是不折不扣的一匹狼。遺傳自姬雪的四分之一狗血統雖然在心理上發生作用，卻沒有在身體上留下任何痕跡。

牠在聚落裡四處閒逛，心滿意足地辨識出長途旅行前早已熟悉的眾神。還有那些狗，小狗們像牠一樣已經長大，大狗們也不再像記憶中那麼碩大和令人畏懼。現在牠不像以前那麼害怕牠們，而是可以輕鬆自在地遊走在狗群間，這是一種全新而愉悅的體驗。

有一隻叫作巴席克的蒼蒼老狗，牠以前只要露出牙齒就會讓白牙瑟縮到一旁。以往白牙從牠身上體認到自己的弱小，如今卻從牠身上看出自己有多麼大的變化與成長。當巴席克隨著年歲逐漸衰老，白牙卻因爲年輕而日漸茁壯。

在一次獵人切割剛被宰殺的駝鹿時，白牙察覺自己與狗群之間的關係發生了變化。牠搶到了一隻腳蹄與一截脛骨，上面還附著些許剩肉。牠從瞬間亂成一團的狗群中撤離，躲到視線外的樹叢裡，開始享用自己的戰利品，這時候巴席克衝了過來。白牙還沒意識到自己做了什麼，就已經猛咬入侵者兩口，然後又迅速跳開。巴席克被對手突如其來的快速攻擊嚇了一跳，呆立著直視白牙，而血紅的脛骨就在兩者之間。

巴席克老了，也知道曾經被牠欺凌的小狗們現在已經逐漸壯大。被迫忍受一次又一次難堪的遭遇後，牠必須要用盡全部的智慧去對付牠們。若在以往，牠早就妄自尊大地猛然撲向白牙。但是現在日漸衰退的力量並不允許牠這麼做。牠豎直了毛髮，隔著脛骨惡狠狠地盯著白牙。過往的敬畏之心刹時甦醒，白牙像洩了氣般直想瑟縮成一小團，腦子裡閃過的念頭是拔腿逃跑時希望不要太過狼狽。

這時候巴席克犯了錯誤。牠不知道只要自己繼續保持兇惡的表情，一切就會順順利利。正打算撤退的白牙一定就會知難而退，把肉留給牠。但是巴席克等不及了，牠認爲勝利已經到手，於是朝著脛骨走過去。當牠毫無防備地低頭嗅著鮮肉，白牙微微豎起毛髮。即使這個時候巴席克還有機會重掌局勢，只要牠站在原地，抬起頭來咆哮幾聲，白牙最終還是會敗逃而去。但是鮮肉的味道太誘人，牠禁不住心中的貪婪咬了一口。

白牙無法忍受了。過去幾個月來牠統治著自己的同伴，現在要牠眼睜睜看著原本屬於自己的肉被其他的狗吃掉，牠再也無法克制。一如往例，牠毫無預警地發動猛攻，第一擊就把巴席克的右耳咬得稀爛。突如其來的行動讓老狗吃驚不已，但是接著出其不意地發生了更多、更爲嚴重的攻擊。牠被白牙撞倒在地，喉嚨也被咬住；當牠掙扎著想要站起來時，肩膀又被猛咬兩口。敏捷的動作令牠頭昏眼花，巴席克盲目地衝向白牙，卻用力咬了個空，緊接著鼻子又被咬傷，只好蹣跚地往後退開。

現在情勢完全逆轉。白牙站在脛骨旁邊，威脅十足地豎起毛髮，巴席克卻是站在不遠處準備撤退。牠不敢冒險與這快如閃電的小伙子放手一搏，而且再一次體認到年老力衰的苦澀。巴席克如過氣英雄般想要維持自己的尊嚴，於是冷靜地轉過身去，彷彿對這年輕的狗和脛骨都不屑一顧，帶著傲氣踱步離開。直到走出視線以外，牠才停下腳步舔舐滴血的傷口。

這件事讓白牙更有自信，也更洋洋自得，走在大狗之中不再那麼躡手躡腳，也不再處處退讓。牠並不是改變了作風要去惹事生非——絕不是這樣。牠只是要求尊重。牠要堅持自己不受打擾的權利，而且絕不讓路給任何一隻狗。牠要求獲得重視，僅此而已。牠不再像其他的小狗那樣被漠視與輕忽，也不願像牠的隊伍同伴一樣仍舊唯唯諾諾。牠們總是讓路給大狗，被迫讓出自己的食物。然而對於不打交道、獨處、孤僻、很少左顧右盼、令人生畏、嚴峻、冷淡而又疏離的白牙而言，那些對牠摸不著頭緒的大狗則是將牠視為同輩。牠們很快就知道別去惹牠，也不要冒險做出敵意的動作，或者主動表示友善。只要大狗不找麻煩，牠也不會去招惹牠們。這是幾經交手後，牠們發現最理想的狀態。

仲夏時，白牙遭遇到一件事。當牠跟隨獵人追蹤駝鹿時，無聲無息地跑到聚落邊緣一座剛搭起的帳篷去探個究竟，結果與姬雪碰個正著。白牙停下腳步盯著姬雪。牠的印象很模糊，不過確實記得她，然而對於姬雪來說就不是這樣了。她衝著白牙掀起嘴唇，就像以往一般發出威嚇的咆哮，這讓牠的記憶頓時變得清晰。牠所遺忘的童年全隨著這聲熟悉的咆哮湧上心頭。還沒有認識神以前，姬雪是白牙所有生活的中心。當時熟悉的往日感受突然出現腦海裡，激起內心陣陣起伏。牠滿心歡喜地朝姬雪走過去，迎面而來的卻是她敏捷的利牙，把牠的臉頰咬得皮開肉綻。白牙感到非常困惑與茫然，牠往後退去。

這不是姬雪的錯。母狼不會記得自己超過一歲以上的孩子，所以她當然不記得白牙。牠只是個陌生的動物，一個入侵者；而且現在一窩新生的幼犬讓她理所當然地對於這樣的入侵者發動反擊。

其中一隻幼犬爬向白牙面前。牠們是同母異父的兄弟，只是牠們自己並不知道。白牙好奇地嗅著幼犬，姬雪立刻衝向牠，在臉頰上又咬一口。牠退得更遠了。所有的往日回憶與聯想再度逝去，重新回到才被喚醒的封陳記憶裡。牠看著姬雪舔舐自己的幼犬，不時停下來對牠咆哮。她對白牙的重要性不復在，牠已經學會在沒有母親的日子過活。母親的意義早已被淡忘。就像牠在母親的心中不再佔有一席之地，姬雪在牠眼裡也不再佔據任何地位。

忘掉過去的回憶，牠依然迷惘地呆立著，心裡納悶到底發生了什麼事。同時，姬雪向牠發起了第三次攻擊，企圖將牠徹底趕離這附近。白牙順從了她的意圖而離開。姬雪是一隻母狼，在牠的同類間有一個法則就是男不與女鬥。牠並不是非常清楚知道這條法則，因爲它不是由心智歸納所得，也不是從經驗中領會而來。牠對它的認識是透過一種神祕的暗示，一股本能的反應——這種本能驅使著牠對著夜晚的明月繁星發出長嗥，也讓牠懼怕死亡以及未知。

又幾個月過去了。白牙發育得更爲強壯、粗重而結實，性格也隨著遺傳與環境而發展。牠的遺傳是可比作黏土般的活素材，擁有許多的可能性，能夠被塑造成不同的形式。環境捏塑這個黏土，使它成爲特定的形式。因此白牙若是沒有來到人類的營火旁，荒野便會將牠揑塑成一匹貨眞價實的狼。但是神給了牠不一樣的環境，於是牠被塑造成酷似狼的狗，但確實是一隻狗而不是狼。

於是，依據牠的天性以及環境的影響，牠被塑造出某種特殊的性格。無可避免地，牠變得更爲陰鬱，更難相處，也更加孤僻與兇惡；當其他的狗愈來愈明白最好與牠和平共處，不要針鋒相對時，灰鬍子對牠的重視卻也與日俱增。

白牙似乎在各方面都凝聚了非凡的力量，然而卻深受一個惱人的弱點所苦。牠不能忍受被嘲笑。人類的笑聲是討厭的東西。他們可以爲了任何事逕自笑個開懷，只要與白牙無關，牠都不會在意。然而一旦笑聲是衝著牠來，立刻就會讓牠火冒三丈。嚴肅、有自尊、不苟言笑的白牙，只要一陣笑聲就可以令牠狂暴到不可理喻的地步。怒火中燒的白牙會好幾個小時都像個惡魔一般，任何與牠相遇的狗都要倒大楣。牠太清楚神的法則，因此不會去找灰鬍子發洩；灰鬍子不但有神性還有棍子，但是那些狗的背後卻是一無所有，所以當牠們看到白牙被嘲笑得暴跳如雷時，只能轉身跳之夭夭。

到了白牙三歲的那一年，馬更歇河一帶的印第安人面臨嚴重的饑荒。夏天的時候河裡捕不到魚，冬天的時候馴鹿也沒有出現在往常的路徑上。駝鹿非常罕見，兔子更似乎絕跡，靠著狩獵維生的動物相繼死去。失去了往日的食物來源，飢餓使牠們變得瘦弱，若非倒地不起就是自相殘殺，只有強者才能存活。白牙的眾神整天都在打獵，上年紀的與身體虛弱的都餓死了，聚落裡一片哀嚎。婦女與小孩忍受飢餓，只爲保留僅存的一點食物能夠餵飽那些成天在森林裡徒勞奔波、骨瘦如柴、雙眼空洞的獵人。

在如此絕境下，眾神被迫吃皮靴和手套的軟皮革充饑，狗則是吃掉身上的輓具與鞭索。此外，狗還互相呑食，神也會吃狗。最虛弱、最沒有用的狗先被吃掉，倖存的狗冷眼旁觀，心知自己的下場遲早也會如此。少數幾隻最強壯和聰明的狗，逃離早已淪爲屠宰場的眾神火堆進入森林，最後還是免不了餓死或者是被狼吃掉的命運。

在這段悲慘的日子裡，白牙也逃進樹林裡。因爲幼年時的訓練提供了最好的指導，牠比其他的狗更適應這裡的生活，尤其擅常追蹤小動物。牠可以埋伏好幾個小時，緊盯著小心謹愼的松鼠每一個動作，用牠與忍受飢餓一樣巨大的耐心守候著，直到松鼠冒險跑到地面上。即使這個時候，白牙也不會冒然行動，牠要等待十足的把握搶在松鼠逃回樹上前給予致命一擊。時機到來，牠就像閃電般從藏身處衝出，這個快得不可思議的灰色子彈從來沒有錯失目標——倉皇的松鼠逃不過牠的撲殺。

雖然牠獵食松鼠百發百中，若要依賴這些小動物還是難以維生和長壯。松鼠的數量太少，牠必須獵食更小的動物。有時候牠實在餓得厲害，不得不放下身段往地洞裡挖掘姬鼠，或者找上跟牠一樣飢餓、卻兇猛上好幾倍的鼬鼠惡鬥一番。

饑荒最嚴重的時候，白牙曾悄悄跑回到神的營火附近。但是沒有走進營區，而是潛伏在森林裡避免被發現，然後竊取偶有誤中陷阱的獵物。有一次灰鬍子拖著蹣跚的步伐走過森林，不時有氣沒力地坐下來休息，白牙甚至趁機從他的陷阱裡偷走一隻兔子。

有一天，白牙遇見一匹瘦弱憔悴、關節鬆弛的年輕野狼。牠若不是早已飢腸轆轆，或許會跟著牠的腳步，最後發現成群的同類狼群。但是牠實在太餓了，於是上前追殺野狼並且把牠給吃掉。

幸運之神似乎眷顧著白牙。每當特別迫切需要食物的時候，牠總是能夠找到獵物。而且當牠虛弱的時候，又很幸運地沒有碰上比牠更大的掠食動物。於是，當牠遇上一群飢餓的野狼對牠窮追猛趕時，兩天前剛吃掉一隻山貓讓牠精力充沛得足以應付。這是一場漫長而殘酷的追逐，但是牠有更好的體力，終究比牠們跑得更快。牠不僅跑得快，還繞了一大圈回到狼群後面，收拾掉其中一匹精疲力竭的追捕者。

之後牠離開那一帶鄉野，回到自己出生的山谷。到了這裡，牠在原本的狼穴遇見姬雪。她又像以前玩的把戲一樣，逃離了眾神荒涼的營地，回到舊有的庇護所生出她的下一代。白牙出現的時候，窩穴裡只剩下一隻小狼存活著，而且註定活不了多久。在這樣的饑荒之下，小狼很難有倖存的機會。

姬雪對這個已經長大的兒子絕不會親切的招呼。白牙並不在意，牠已經不再依靠母親，於是平靜地轉過身去，緩緩跑向小溪。牠在溪流分岔處轉往左側支流，找到許久以前曾經跟牠及母親打鬥的那隻山貓的洞穴。牠就在這個廢棄的洞穴裡安頓下來，休息了一天。

初夏時，就在這場饑荒的最後幾天，白牙碰到同樣逃進樹林裡的利嘴，牠顯然生活得相當淒慘。白牙與牠相遇完全在意料之外。當時牠們在一道高聳的崖壁底下朝著相反方向奔跑，繞過一處岩石轉角後，面對面碰個正著。牠們停下腳步，立刻提高警覺，懷疑地看著對方。

白牙的身體狀況極佳。牠的狩獵成果相當豐碩，過去一個星期肚子都塡得滿滿的，甚至不久之前才剛飽餐一頓。但是當牠看到利嘴時，背脊上的毛還是不由自主豎了起來，這是往日遭受利嘴迫害與欺負時，總是伴隨著心理狀態所產生的生理反應。因爲以前見到利嘴時就會豎直毛髮、大聲咆哮，於是現在自然而然地也就豎毛咆哮。牠沒有耽擱太多時間，直接了當解決僵持的局面。利嘴原本打算掉頭離開，但是白牙肩對肩地用力撞向牠，把牠撞得四腳朝天，再狠狠咬向那枯瘦的喉嚨。利嘴在死前掙扎了一會，白牙則是站在旁邊小心觀察著。然後，牠回到自己的路上，沿著崖壁底下繼續往前走。

不久之後的某一天，牠走到森林的邊緣，有一塊狹長的空地緩緩傾向馬更歇河。牠以前曾經來過這片土地，當時空無一物，現在卻座落著一個聚落。牠依然躲藏在樹林間，停下來仔細研究目前的情況。面前的景象、聲音和氣味對牠都相當熟悉，原本的聚落遷移到新的地方了，而景象、聲音和味道都與牠逃離前最後的那段日子不同。聚落裡沒有啜泣與哀號，傳到耳裡的都是滿足歡悅的聲音，這時聽到一聲婦女的斥責，牠知道這是一個吃飽喝足的女人在發怒。空氣中飄來陣陣魚味，那裡有食物，饑荒結束了。牠大膽地走出樹林，漫步跑進營地，直朝著灰鬍子的帳篷走去。灰鬍子不在帳篷裡，但是歡迎牠的是興奮叫喊的克魯庫姬，還給了牠一尾剛捕獲的魚，然後白牙趴在地上等待灰鬍子回來。

第四部　優越的神

第一章　同類公敵

假如白牙的本性在未來還有任何可能與同類親如手足——不論這是多麼遙遠以後的事——但是當牠成爲雪橇隊伍的領頭狗時，這種可能性也被完全摧毀了。因爲現在所有的狗都痛恨牠，痛恨牠獲得米沙額外賞賜的肉，痛恨牠所受到的任何偏袒，痛恨牠一直飛奔在隊伍的前面，看那條搖擺的尾巴和永遠追不上的後臀，簡直是令狗群咬牙切齒。

而白牙也同樣痛恨牠們。當領頭狗對牠而言絕不是一件值得高興的事。三年來，牠一直在主宰和教訓這些狗，現在卻被迫在牠們的咆哮聲中拼命飛奔，讓牠幾乎無法忍受。但是牠必須忍受，否則就得面臨死亡，而牠內在的生命一點都不想死。每次只要米沙下令出發，整隊的狗就會急切狂吠地往前撲向白牙。

牠沒有任何辦法反擊。假如回頭對付狗群，米沙就會揮舞長鞭朝牠的臉打過去。白牙唯一能做的是用力往前跑，不讓狗群碰到牠的尾巴與後臀。這兩個部位絕不是迎向那些無情利牙的適當武器。所以牠拼命奔跑，每一步都違背著自己的天性與傲氣，終日向前奔馳。

若是違反了本性的驅使，那麼本性必然會產生反作用力。這個反作用力就像原本應該從身體向外生長的毛髮，違反了自然的方向而向體內生長，造成紅腫發炎的傷痛。白牙現在正是如此。內心深處的強烈衝動是要撲向在牠身後狂吠的狗群，但是神的意志不允許牠這麼做；在背後，還有一條鹿腸做的三十呎長鞭強迫牠接受神的意志。所以白牙只能忍氣吞聲，並且產生一股與兇猛不屈的本性相同強烈的憎恨與敵意。

若有動物可謂之同類公敵，那麼白牙便是這種動物。牠從不低頭求饒，也不寬恕敵人。牠不斷遭到狗群咬傷，也在不斷攻擊狗群。牠不像多數的領頭狗，在紮好營地、解開狗群後，總是跟在神的旁邊尋求庇護；白牙鄙棄這種庇護。牠毫無顧忌地在營區四處遊走，趁著黑夜，替白天的遭遇進行報復。在牠還沒有擔任領頭狗的時候，狗群知道見到牠要讓路。但是現在情形不同了。狗群受到整天對牠追逐的激勵，同時腦海裡不斷出現牠在前面飛奔的景象，白天享有優勢的感覺充斥心中，根本不可能再對牠退讓。白牙出現在狗群中必然會引起爭吵，所到之處就是一陣咆哮、撕咬與低吼。牠所聞到的是充滿憎恨與敵意的氣息，這也加深了牠心中的憎恨與敵意。

當米沙喝令隊伍停止時，白牙立刻照辦。起初這給後面的狗群造成困擾，因爲牠們全會撲向心中痛恨的領頭狗，然後發現局勢全然反轉。白牙背後有米沙的庇護，還有他手中揮舞的長鞭。所以狗群漸漸知道，當隊伍聽到命令停下來時別去招惹白牙。但是如果白牙不是因爲聽命而停下腳步，牠們便可以群起撲上前去，即使殺死了牠也無妨。經過幾次教訓後，白牙絕不會在沒有命令時停下來。牠學得很快，這是自然的結果。生命在這異常嚴酷的條件下是一種恩賜，非要學得快才能生存。

但是那些狗卻永遠學不會別在營地裡招惹白牙。每到白天，牠們在後面追逐著大聲吼叫，立刻忘掉前一天晚上得到的教訓，到了夜裡又重複一次這個教訓，結果第二天又馬上忘記。再說，牠們討厭白牙還有更確切的原因，就是牠們感覺到牠不是同類，這一點就足以造成對牠的敵意。牠們跟牠一樣是馴化的狼，只是牠們已經被馴養了好幾個世代，大部分的野性已經消失，所以對牠們來說野性是不可知、可怕、最有威脅、最敵對的東西。但是對白牙而言，無論在外表、行爲和慾求上仍舊保有野地的習性。牠代表著野性，是荒野的化身，所以當狗群對牠咧嘴威嚇時，其實是在抵禦來自幽暗森林以及營火外一片漆黑中的力量摧毀自己。

不過狗群倒是學會一件事，就是要隨時聚集在一起。白牙太可怕了，沒有任何一隻狗可以獨力與牠對抗。牠們必須集體行動，否則只要一個晚上，白牙便可以將牠們逐一收拾。正因爲牠們成群結隊，白牙找不到機會把牠們殺掉。就算牠撞倒一隻狗，但是狗群會在牠還來不及接著咬住喉嚨前便趕了過來。每次只要有衝突的跡象，整個狗群就會聯合起來抵抗牠。狗群裡自然會有紛爭，不過在對付白牙的時候，牠們可以完全拋開這些爭執。

另一方面，不論狗群如何嘗試都無法殺死白牙。比起其他的狗，牠的動作太快、太難對付，而且也太聰明。牠會避免落入圈套，並且在牠們打算包圍叫陣時總能全身而退。若想要先把牠撞倒，則沒有任何一隻狗有這個能耐，牠的腳穩穩站在地上，就像牠牢牢抓住生命一樣。在與狗群永無止境的交戰中，站穩腳步才能生存，這一點沒有誰比白牙更明白。

於是，牠成了同類的公敵。這些同類早已是被馴服的狼，人類的營火使牠們變得溫和，在人類強大力量的庇蔭下使牠們變得軟弱。白牙的性格強烈又固執，牠是被塑造成這個樣子的。牠跟所有的狗誓不兩立，而且沉浸在如此可怕的仇恨之中，即使本身兇惡野蠻的灰鬍子，對於白牙的兇狠也不禁大感訝異。他發誓從沒見過這樣的動物；其他聚落的印第安人聽聞白牙殺死同類的事蹟後，也莫不如此宣稱。

白牙將近五歲的時候，灰鬍子又帶著牠踏上另一次漫長的旅程。牠們沿著馬更歇河，跨越洛磯山脈，順著波丘帕河來到育空地區，讓人久久不能忘懷的是，途中經過許多聚落時，白牙都在狗群間掀起了一陣腥風血雨。牠沉醉於向同類施以報復。那些都是平凡而且沒有戒心的狗，對於白牙毫無預警又快速的直接攻擊根本無從防備。牠們不知道白牙是一道奪命的閃電。當牠們對牠豎起毛髮、挺直四肢、威嚇挑釁時，白牙不會浪費時間在這些故做姿態的準備動作上，牠會像金屬彈簧一般猛然躍去、咬住牠們的喉嚨，在牠們還不知道發生什麼事就陷入驚恐掙扎時，了結牠們的性命。

白牙變成一個打鬥高手，而且非常有效率。牠絕不浪費自己的力氣，從不與對方纏鬥。牠進攻的動作快得讓對方無從扭打，如果沒有一擊中的，也會立刻逃離開來。野狼不喜歡近身肉搏的個性在牠身上表現得尤其明顯。牠無法忍受與其他動物長時間的貼身接觸，這讓牠嗅到危險的氣息，令牠神經緊張。牠必須毫無約束地遠離群眾，絕不碰觸任何動物。這是因爲牠仍帶有野性，並且透過牠的行爲表現出來。這種感覺更因爲自幼過著遭受排擠的生活而日漸強烈。身體的接觸隱藏著危險，那是陷阱，永遠都是陷阱；這種恐懼深植腦海中，遍佈在牠的全身。

因爲如此，牠所遇見那些陌生的狗根本沒有機會與牠對抗。牠巧妙地閃避牠們的利牙，然後一擊中的或者快速逃開，完全不會被對方觸碰到。不過總有例外的狀況。就有幾次，幾隻狗一起撲上去，趁牠來不及逃離前將牠好好教訓一番；又有幾次，某隻單獨的狗會對牠造成重創。但是這些都是意外。基本上，像牠這樣純熟的打鬥高手，通常都是所向披靡。

牠的另一項優勢是能夠正確判斷時機與距離。不過，牠並非刻意計算，而是出於自然的反應。牠的眼睛能夠準確的觀察，然後神經將視覺正確地傳到腦部。牠的各個器官比一般的狗更爲契合，能夠順暢而穩定地一起運作。牠的神經、心智與肌肉都更有協調性，而且好上許多。當眼睛將某個動作的影像傳送到腦部時，牠的腦子不假思索地便會知道這個動作在空間上的限制，以及需要多少時間完成。於是，牠可以閃避來自其他狗的撲咬，同時抓住瞬間的機會發動自己的攻擊。牠的身體與大腦幾乎達到完美搭配的境界。這也不是說牠有多麼值得讚美，只不過大自然賞賜給牠的天賦比起一般的狗要慷慨許多罷了。

夏天的時候，白牙來到育空驛站。去年冬天，灰鬍子越過了馬更歇河和育空河之間的大分水嶺，春天時都在洛磯山西側的偏遠山脈打獵。接著，當波丘帕河的冰面融解後，他造了一艘獨木舟順流而下，划到北極圈附近匯入育空河的地方。這裡有個哈德遜海灣公司的舊驛站，還有許多的食物、印第安人，以及前所未見的騷動。這是一八九八年的夏天，數以千計的淘金客打算逆溯育空河前往道森與克朗代克。這裡距離目的還有好幾百哩的路要走，然而許多人踏上旅程已經整整一年的時間，還有人至少都走了五千哩路，甚至有些人是從地球的另一半邊來的。

灰鬍子在這裡停留。淘金熱的消息早已傳到他耳裡，所以帶來了好幾綑的毛皮、簡單縫製的手套、以及軟皮靴。若不是預期可以有豐碩的收入，他絕不會冒險跑到這麼遠的地方。但是他預期的收入比起實際獲得的成果簡直是微不足道；當初作夢也不敢想有一倍的獲利，現在卻有十倍的獲利。就像個道地的印第安人，他在此地安頓下來，謹慎而悠哉地進行交易，就算花費整個夏天、甚至到冬天才能出清貨品也沒關係。

在育空驛站，白牙第一次見到白種人。與自己所認識的印第安人相較，白人對牠而言是另外一種生物，是更爲優越的神。讓牠印象深刻的是他們擁有卓越的力量，而這種力量區分了神格的高低。白牙並非經由推理得到這個結論，腦海裡並沒有明確地將他們歸類成爲更強大的神。這純粹只是一種感覺，但是對牠同樣產生影響。幼年時見到人類搭起外形碩大的帳篷，這種力量的展現曾經令牠感到震撼，現在眼前使用粗重圓木搭建的房舍與龐大驛站同樣撼動牠的心靈。這就是力量，白種的神是強大的，他們比起以往認識的神更能掌控事物。過去最有力量的神是灰鬍子，但是與這些白皮膚的神比較起來，他只算是一個稚齡的幼神。

確切地說，這些事情都只是白牙的直覺感受，而不是有意識的察覺。然而動物的行爲通常是憑藉感覺而非思考，所以現在白牙的行爲都是依據白人是比較優越的神這種感覺。首先，牠對他們充滿戒心，誰知道他們具有什麼未知的恐怖力量，可能造成何等的傷害。牠小心翼翼觀察他們，就怕被他們發現。最初的幾個小時，牠僅僅是潛伏在四周打轉，隔著一段安全距離觀望他們就夠了。後來看到那些接近他們身邊的狗並沒有受到什麼傷害，於是牠也走上前去。

現在換成他們對白牙大感好奇，狼一般的外表立刻吸引了他們眼光，競相對牠指指點點。這些指點的動作讓白牙提高戒備，當他們想要靠近時便露出利牙，向後退去。結果沒有任何人摸到牠，也幸好沒有摸到。

白牙很快就知道住在此地的這種神非常少——頂多十一、二個。每隔兩、三天便有艘汽船（另一種強大力量的展現）來到河岸停留幾個小時。白人們搭著汽船來來去去，這些白人似乎不計其數。最初幾天，牠看到的白人比牠一生中看過的印第安人還要多；隨著日子一天天過去，牠們不斷從河流乘船而來，在此地暫時停留，又乘船消失在河上。

即使白種的神力量強大，但是他們的狗卻不怎麼樣。白牙與那些跟著主人上岸的狗幾番交手之後，很快便發現這個事實。這些狗有不同的外形與身材，有些是短腿的——短得不像樣；有些是長腿的——長得太離譜。牠們只有稀疏的軟毛，而非厚實的皮毛，有一些甚至只有幾搓毛髮。牠們沒有任何一隻懂得打鬥。

身爲同類的敵人，找上牠們打鬥本來就是白牙的本份。牠的確這麼做，而且很快就把牠們徹底看扁了。這些狗軟弱無能，非常吵鬧，只會笨拙地使盡蠻力掙扎，對著白牙的敏捷與狡猾。牠們大聲吠叫衝向白牙，而牠跳到一旁。當牠們還搞不清楚狀況時，白牙立刻撞擊牠們的肩膀，把牠們撞翻在地，然後直接咬向喉嚨。

有時候攻擊成功了，被擊倒的狗在地上翻滾，這時候守候在一旁的印第安人的狗群便蜂擁而上，將牠撕咬成碎片。白牙很聰明，長久以來牠已經曉得神的狗若被殺死會令他們多麼生氣，即使白人也不例外。所以只要撞倒他們其中一隻狗，並且咬開牠的喉嚨，牠便心滿意足地退開，讓其他狗群接手殘酷的收尾工作。然後憤怒的白人便會衝過來，狠狠地教訓那些狗，只有白牙置身事外。牠會站在附近看著石塊、棍棒、斧頭與各式各樣的武器落在同伴的身上。白牙眞是非常聰明。

但是牠的同伴也學聰明了，白牙自然也不落人後。牠們知道只有汽船剛靠岸時才可以找樂子。若是等到第二隻、第三隻陌生的狗被殺死，白人就會把他們的狗趕回船上，然後對攻擊者展開兇猛的報復。一個白人看到自己的狗——一隻雪達犬——在自己面前被撕成碎片，於是馬上拿起左輪手槍連開六槍，六隻狗不是立刻喪命就是瀕臨死亡。這又是一次力量的展現，深深印在白牙的腦海裡。

白牙對此樂在其中。牠不喜歡自己的同類，自己又精明得足以逃避傷害。剛開始，殺害白人的狗只是牠的娛樂，後來變成了牠的日常工作。灰鬍子忙著做生意與累積財富，白牙根本無事可做，於是牠跟著那些聲名狼籍的印第安人狗群在碼頭四處閒晃，等待汽船來臨。只要汽船一靠岸，牠們便開始進行自己的娛興節目。幾分鐘之後，當白人才從他們的詫異中回過神來，狗群早就四散走避。娛樂結束，直到下一艘船到達才會重新展開。

然而白牙並不屬於狗群的一員。牠並沒有與牠們混在一起，只是獨自走得遠遠的，狗群甚至因此對牠畏懼三分。若說牠與狗群一起行動，這倒是眞的。牠率先向陌生的狗發難，狗群就在一旁等著白牙將對方掠倒，然後上前收拾殘局。而牠卻隨即退到一旁，留下狗群去接受憤怒眾神的懲罰。

要挑起爭端不用太費力氣。當陌生的狗上岸時，白牙只需現身即可。那些陌生的狗一看到牠就會立刻衝過去。這是牠們的本能，因為白牙代表荒野——早自原始世界就徘徊在營火外圍黑暗中，那些未知、可怕、充滿威脅的事物；當牠們畏縮在火堆旁，逐漸改變本能之後，學會害怕原本來自的地方，自己逃離和背棄的荒野。一代接著一代，經過世世代代流傳下來，這種對於荒野的恐懼已經烙印在牠們的天性裡。幾個世紀以來，荒野就代表著驚駭與毀滅。這些歲月裡，主人賦予牠們殺害野地生物的權利，藉此保衛自己和與牠們相伴的神。

於是，這些剛從平靜南方來到此地的狗，一跳下甲板、踏在育空河岸就看到眼前的白牙，無法克制心中的衝動要跑過去殺死牠。牠們或許是在城市裡長大的狗，但是本能裡對於荒野的恐懼卻是一樣的。牠們不僅光天化日下親眼看見像狼一般的生物站在面前，而且經由遠古祖宗遺傳的眼光與記憶，牠們認出牠是一匹狼，同時想起那古老的世仇之恨。

這一切使得白牙的日子變得充滿樂趣。如果這些狗一看到牠就想攻擊，那麼對牠來說是再好不過了，而對牠們來說就更加不利。牠們視牠為合法的獵物，而牠又未嘗不是如此看待牠們。

白牙之所以成為這副模樣，與牠第一次在孤寂的狼穴中見到洞口的天光，以及第一次與松雞、鼬鼠與山貓打鬥不無關係。此外，幼年遭受利嘴與整個小狗群的欺負也有所影響。如果當初有不同的遭遇，或許牠會是另一種模樣。倘若利嘴並不存在，牠的童年也許就在與其他小狗和睦共處中度過，長大後更像一隻狗，而且更喜歡其他的狗。假如灰鬍子有探知感情與愛意的敏感度，說不定會察覺到白牙深沉的天性，引導出良善的特質。不過事情並非如此發展。白牙被一步步地捏塑，造就目前孤僻陰鬱、殘酷無情的個性，讓牠成為同類公敵。

第二章　瘋狂的神

只有少數的白人居住在育空驛站。他們在鄉野間待了很久，把自己稱作「酸麵團」以便與其他人區隔，而且非常以此自豪，對於其他新人感到相當鄙視。那些搭乘汽船登岸的人就是新人，他們被稱為「菜鳥」，這種稱呼往往令他們感到很沮喪。這些人用發粉做麵包，這就是他們與酸麵團之間最明顯的差別。那些「酸麵團」眞的是用酸麵團做麵包，因為他們沒有發粉。

其實這完全無關緊要。住在驛站的人瞧不起菜鳥，而且非常樂於看到他們遭殃。看到白牙和牠那些狐群狗黨在菜鳥的狗群裡大搞破壞，尤其讓他們樂得開懷。每當有一艘汽船到達，驛站的人必定專程跑到岸邊去看熱鬧。他們和印第安人狗群一樣熱切期待著好戲登場，他們對白牙的殘酷與狡猾可是讚賞不已。

他們之中有一個人特別喜歡這種消遣。他只要一聽到汽笛聲便立刻飛奔而來；每當打鬥結束，白牙和狗群一哄而散時，他才滿臉遺憾地慢慢走回驛站。有一次，一隻柔弱的南方狗被打倒，這個人竟然忍不住跳到半空中忘情地大聲喊叫。而且，牠總是帶著精明垂涎的眼神看著白牙。

這個人在驛站裡被其他人稱作「帥哥」。沒有人知道他的本名，這一帶的人只知道他叫作帥哥史密斯。不過他一點也不帥，而且還是個醜陋的傢伙，奇醜無比。造物主對他實在很吝嗇，這人不但個頭小，乾癟的身軀還加上一顆更形清瘦的腦袋，頭頂看起來尖尖的。事實上，在小時候還沒有被同伴稱作帥哥以前，他被叫作「尖頭」。

從背後看，腦杓從頭頂一路斜降到頭部；從前面看，塌扁而寬闊的前額讓他的頭更是傾斜得厲害。接著，造物主似乎發覺對他太過吝嗇，於是又慷慨地大手一揮。於是他有兩個大眼睛遙遙相對，臉部與身體其他部位相較顯得特別龐大。為了要找到足夠空間擺放五官，造物主給了他一個巨大的突出下巴。這下巴長得既寬又豐厚，向外、向下突出，似乎快要接觸到胸口。如此的外觀或許是那纖細的脖子太過疲乏，無法支撐像這樣沉重的負擔。

他的下巴給人家一種兇猛果決的印象，不過缺少了些什麼。也許是太誇張，下巴長得太大了。無論如何，這個印象與事實不符。帥哥史密斯的懦弱與膽小眾所皆知。再回到他的長相，他的牙齒又大又黃，薄唇下露出兩顆特別大的犬齒，就像一對獠牙。他的雙眼混濁泛黃，彷彿造物主缺少顏料，把每一管剩餘的顏料都擠在一起。他的頭髮也是一樣，長得稀疏而雜亂，顏色是髒污的土黃色，從頭頂竄升、又一簇簇地任意垂落在臉上，看似被風吹倒的一團稻草。

簡言之，帥哥史密斯是個畸形。這不是他的錯，該怪的是別人。他在一出生就被塑造成這副模樣。他在驛站裡爲其他的人烹煮食物、清洗碗盤和做些苦差事。他們不會嫌棄他，反倒是以人道寬容的方式忍受他，就像對待任何有先天缺陷的動物一樣。此外，人們也怕他。他那懦怯的怒氣讓人擔心他會在從人的背後開槍，或者在咖啡裡下毒。不過總得有人做飯，而且不論有什麼缺點，至少帥哥史密斯會做飯。

就是這個人盯著白牙看，對牠兇殘的本領感到深深著迷，非常想要擁有牠。從一開始他就對白牙示好，白牙起初並不理他。接著這個人越做越起勁，於是白牙豎起毛髮、露出利牙、不斷後退。牠不喜歡這個人，對牠的感覺很差。白牙感受到這個人心中的邪惡，對他伸出的手和示好的話語感到畏懼。正因爲這一切，牠痛恨這個人。

對單純的動物而言，好與壞是容易理解的事。所有那些帶來舒緩與滿足，以及解除疼痛的事物都是好的。於是，好的事物受到喜愛。然而伴隨著不安、威脅與痛苦的事物是壞的，因此受到痛恨。白牙對帥哥史密斯的感覺是壞的。就像沼澤中升起的瘴癘霧氣一般，從這個人畸形的身軀與扭曲的心智底下隱約射出一股病態的氣息。這並非經由理解，也不是單憑五官，而是藉由其他遙遠未知的感官，讓白牙察覺到這個人身上不祥的邪惡氣息，孕育著禍害，因此他是個壞東西，最好對他保持痛恨。

帥哥史密斯第一次造訪時，白牙待在灰鬍子的營地裡。當他還沒有出現眼前，遠方傳來微弱的腳步聲時，白牙就已經知道前來的人是誰，毛髮也開始豎立起來。牠原本慵懶而舒服地躺著，但是這時候迅速起身，當對方到達時便像狼一般悄悄走到營地邊緣。牠看到那個人與灰鬍子在講話，但是不知道他們說些什麼。那個人用手指向牠，即使相隔五十呎的距離，白牙覺得那隻手就像要落在自己身上似的，用咆哮予以回應。那個人看了大笑起來，於是白牙溜進樹林裡躲避，邊走邊回頭觀望。

灰鬍子拒絕賣掉白牙。他從交易中獲得很多財富，現在什麼也不缺。此外，白牙是一隻珍貴的動物，他從未擁有過如此強壯的雪橇狗，而且還是最好的領頭狗。況且在馬更歇河和育空河一帶，絕對找不到像牠這樣的狗。牠擅於打鬥，可以像人打死蚊子一般輕易地殺其他的狗。（帥哥史密斯聽到這裡兩眼亮了起來，渴切地舔了舔自己的薄唇。）不！無論出多少價錢，白牙是非賣品。

但是帥哥史密斯非常瞭解印第安人。他開始經常走訪灰鬍子的營地，外套下面總是藏著一個黑瓶子之類的東西。威士忌的效用之一就是會讓人上癮。灰鬍子染上了酒癮。他那發燙的喉嚨與燒灼的胃開始對刺激性飲料索求無度；他的腦袋被這令人興奮的玩意兒迷惑得是非不明，放任自己毫無節制去買酒。販賣毛皮、手套與軟皮靴所得到的錢財開始流失，而且愈花愈快，隨著錢袋越變越薄，他的脾氣也越來越暴躁。

直到最後，錢財、貨物和脾氣全都消磨殆盡。他變得一無所有，只剩下喝酒的慾望，隨著呼吸的每一口氣，這股龐大的慾望就增長得更爲強烈。於是帥哥史密斯又來找他商量出售白牙的事，不過這次不是用錢計價，而是算多少瓶酒。灰鬍子聽得豎直了耳朵。

「你抓得到那隻狗就把牠帶走。」最後他這麼說。

兩天以後，酒是帶來了，不過帥哥史密斯卻對灰鬍子說：「你去把狗抓起來。」

有一天傍晚，白牙悄悄回到營地裡，滿足地嘆了一口氣然後趴下休息，那個令人擔心的白人不在這裡。幾天以來，他想把手放在自己身上的企圖愈來愈明顯，白牙在這段時間被迫避開營地。牠不曉得那不斷伸過來的手究竟會帶來什麼災難，只知道它絕對不會幹好事，所以最好躲得遠遠的。

但是還沒等牠完全躺下，灰鬍子就搖搖晃晃地走過來，把一條皮帶套在白牙脖子上。他在白牙身旁坐下，一隻手握著皮帶的尾端，另一隻手抓著瓶子，不時仰起頭來咕嚕嚕地灌著酒。

就這樣子過了一小時，隨著某人逐漸的走近而傳來腳步踏在地面的震動。白牙聽到了，牠認出這個腳步聲而寒毛直豎，灰鬍子還在昏昏沉沉地打盹。白牙想要從主人手中輕輕抽出皮帶，但是那原本鬆弛的手指卻突然抓緊，灰鬍子醒了過來。

帥哥史密斯大步走進營地，站在白牙的面前。白牙朝著這可怕的東西輕聲咆哮，緊緊盯著雙手的動作。對方伸出一隻手朝牠頭頂降下來，牠的咆哮轉為緊張的厲吼。那隻手繼續緩慢下降，牠蹲伏在下面，咆哮隨著不斷加快的呼吸愈來愈急促，已經瀕臨極限。牠像蛇一樣突然伸嘴猛一咬。那隻手急忙收回去，白牙的牙齒喀的一聲狠狠咬空。帥哥史密斯既驚恐又生氣。灰鬍子朝白牙的臉頰揮了一拳，於是牠順從地趴到地上。

白牙猜疑的眼神盯著四周的動靜。牠看到帥哥史密斯走出去，帶了一根短棍回來，然後灰鬍子把皮帶尾端交到他手中。帥哥史密斯轉身準備離開，皮帶繃緊了，白牙杵著堅持不動。灰鬍子舉起拳頭朝牠左揮右打，逼牠起身跟著走。牠乖乖起身，卻猛然撲向那個拖著自己往前走的陌生人。帥哥史密斯並沒有閃開，心裡早有準備等著白牙衝過來。他機靈地揮舞短棍，半路就把白牙攔下打倒在地上。灰鬍子微笑著點點頭表示讚許。帥哥史密斯再次拉緊皮帶，白牙暈頭轉向地蹣跚站起來。

牠沒有再撲擊第二次。挨這一棍足以讓牠確信這個白種神明曉得如何使用棍棒，聰明的白牙知道不要進行無謂的打鬥。於是牠愁眉苦臉地跟在帥哥史密斯的後面，夾著尾巴，不時發出低聲的嗚嗚。不過帥哥史密斯依然保持警戒，握在手中的短棍時準備揮擊。

回到驛站，帥哥史密斯將皮帶牢牢繫好後去睡覺。白牙等了一個小時，然後用牙齒咬斷皮帶，不到十秒鐘便自由了。牠沒有浪費一絲力氣，那皮帶從對角線咬斷，幾乎就像刀割得一般乾淨俐落。白牙看了看驛站，不禁豎起毛髮吼了幾聲，然後轉頭漫步回到灰鬍子的營地。牠不要效忠於那個陌生而又可怕的神，牠已經將自己奉獻給灰鬍子，而且認爲自己仍舊是屬於灰鬍子的。

不過之前發生的事情又重演一遍，只是有些不一樣。灰鬍子再次用皮帶把牠套起來，隔天早晨將牠帶去給帥哥史密斯。接著不同之處發生了。帥哥史密斯揍了白牙一頓。白牙被緊緊綁住，只能徒勞無功地發怒，忍受這一頓懲罰。棍棒與皮鞭齊下，白牙經歷了一生中最嚴厲的毒打，甚至小時候遭受灰鬍子的那一頓痛毆，跟這次比起來也不算什麼了。

帥哥史密斯非常喜歡這檔事，而且樂在其中。他洋洋得意地看著眼前的受害者，不斷揮舞手中的皮鞭或棍棒，聽到白牙痛若的哀嚎與無助的怒吼時，眼中還散發出呆滯的光芒。因爲帥哥史密斯的殘酷是懦夫的殘酷，他在別人的怒斥與拳頭前低頭畏縮，卻在比自己弱小的動物身上尋求報復。所有的動物都喜歡力量，帥哥史密斯也不例外。由於他無法在同類之間展現力量，於是發洩到體型較小的動物上，讓這些無辜的受害者來證明他的活力。但是帥哥史密斯並非創造出自己的人，所以不能怪他。他被賦予了畸形的身軀以及殘酷的心智來到這個世界，天生本質是如此構成，而這個世界又未曾對牠和善地加以捏塑。

白牙曉得自己爲什麼挨揍。當灰鬍子在牠的脖子套上皮帶，然後將皮帶尾端交給帥哥史密斯時，白牙知道自己的神要牠跟著帥哥史密斯走。接著帥哥史密斯把牠綁在驛站外面，牠也知道帥哥史密斯就是要牠待在那裡。因此，牠違背了兩個神的旨意，換來一頓懲罰。過去牠曾見過狗換主人，也曾看到逃走的狗像牠一樣被痛毆。牠很有智慧，但是天性裡還有比智慧更強大的力量，其中之一就是忠誠。牠並不愛灰鬍子，然而即使面對主人的決定與怒氣，依然對主人忠心耿耿。牠禁不住如此。忠誠是構成牠本質的元素之一，也是牠與同類獨有的特質。這個特質讓牠的種族有別於其他的動物；也正是這個特質使得狼與野狗從曠野走進人群，成為人類的伙伴。

受過教訓後，白牙被拖回驛站。但是這次帥哥史密斯用一根木棍將牠綁住。要放棄一個神並不容易，對白牙而言也是一樣。灰鬍子是牠專屬的神，不管灰鬍子想的是什麼，白牙依然要追隨他，絕不輕易放棄。灰鬍子已經出賣牠、遺棄牠，但是這並不影響牠的忠誠。牠並非毫無理由地將自己的肉身與靈魂奉獻給灰鬍子。白牙對他無所保留，這層束縛不會輕易被打破。

於是到了夜晚，當驛站裡的人就寢之後，白牙用牠的牙齒去咬那綁住牠的木棍。木頭又乾又硬，而且緊貼著牠的脖子，所以牙齒很難搆得著。牠只能用盡肌肉的力量拱起脖子，才能把木棍銜在兩齒之間，而且僅僅是銜著罷了；憑著無比的耐心，花費了好幾個小時，牠才成功咬斷了木棍。人們從未預料狗能做出這種事，而且絕無先例。但是白牙辦到了，脖子上掛著半截的木棍，在清晨中漫步跑離驛站

牠很有智慧，但若只憑著自己的智慧，就不會再回到已經出賣牠兩次的灰鬍子那裡。就因爲自己的忠誠，牠回到營地準備面臨第三次的出賣。牠再一次乖乖地讓灰鬍子在脖子套上皮帶，帥哥史密斯也再度前來討回牠。這一次牠被揍得更慘了。

灰鬍子冷淡地看著白人揮舞鞭子。他沒有給予任何保護，白牙已經不是他的狗了。一陣毆打後，白牙不支倒地。若是柔弱的南方狗也許早就被打死，但是牠並沒有。牠經歷的生活考驗比起其他的狗要嚴峻許多，而且本身就比較堅毅。牠有強大的活力，緊緊抓住自已的生命。但是牠傷得非常嚴重，一開始連拖著自己腳步前進都沒有辦法，帥哥史密斯只好等牠半個小時，白牙這才起身，搖搖晃晃

地跟在帥哥史密斯後面回去驛站。

不過現在牠被牙齒咬不斷的鐵鏈綁著，就算用力衝撞或者拉扯木牆上鉤住鐵鏈的鎖環，也都沒辦法逃脫。幾天之後，頭腦清醒卻一貧如洗的灰鬍子從波丘派河上出發，展開返回馬更歇河的漫長旅途。白牙留在育空，成爲一個極其殘忍、將近瘋癲的人所擁有的財產。然而一隻狗怎麼能夠意識到什麼是瘋狂呢？對白牙來說，帥哥史密斯就算再怎麼可怕，也還稱得上是一個神。他頂多算是個瘋狂的神，但是白牙對於瘋狂一無所知；牠只知道必須聽從這個新主人的命令，以及他所有異想天開的奇怪念頭。

第三章　滿懷憎恨

在瘋癲的神調教下，白牙變成一個惡魔。牠被鏈條鎖在驛站後方的圍欄裡，帥哥史密斯用盡各種小伎倆去戲弄、激怒牠，令牠暴跳如雷。這個人早就發現白牙對於笑聲很敏感，所以把白牙逗得惱怒後，必定會對牠嘲笑一番。那是刺耳又充滿譏諷的笑聲，同時還用手指對著牠指指點點。白牙在這種情況下完全喪失理智，盛怒中甚至比帥哥史密斯還要瘋狂。

從前，白牙只是同類的敵人，而且是個兇殘的敵人。但是現在牠成了萬物公敵，而且比以往更爲殘暴。遭受折磨到如此地步，讓牠毫無緣由地盲目憎恨。牠痛恨那栓住自己的鐵鏈，痛恨那些透過圍欄縫隙盯著牠看的人，也痛恨那些跟隨人們而來、趁牠無計可施的時候對牠惡意狂吠的狗。牠痛恨那拘禁牠的圍欄木板，而自始至終最痛恨的就是帥哥史密斯。

然而帥哥史密斯對白牙所做的一切其實另有目的。有一天，一群人聚集到圍欄外面。帥哥史密斯進入圍欄，手中拿著木棍，然後解開白牙脖子上的鎖鏈。當主人走出去後，擺脫鐵鏈的白牙在圍欄裡橫衝直撞，朝著外面的人群猛撲，看起來相當駭人。足足五呎的身長，兩呎半的肩高，遠比相同體型的狼重了許多。牠從母親身上遺傳到狗比較壯碩的體格，所以超過九十磅的重量裡不帶任何肥肉，也沒有多餘的贅肉，全是肌肉、骨骼與肌腱，處於最佳的打鬥狀態。

圍欄的柵門再度開啓。白牙停止動作。不尋常的事即將發生，牠等著一探究竟。門開得更大些，一隻巨大的狗被推進圍欄，然後柵門在牠身後碰的一聲關上。白牙沒有看過這種狗（這是一隻獒犬），但是對方的體型與兇惡的相貌並沒有嚇到牠。圍欄裡終於有一件不是木頭、鋼鐵的東西可以供牠發洩心中的憤恨。牠縱身一躍、利牙一閃，就從獒犬的頸側咬下一塊皮肉。獒犬甩著頭，發出嘶啞的咆哮，接著猛然衝向白牙。但是白牙左閃右躲，總是能夠逃過追擊，而且不斷撲上前去猛咬一口，又迅度跳開躲過反擊。

圍欄外面的人大聲嚷嚷、喝采，帥哥史密斯幸災樂禍地看著白牙在對方身上造成的斑斑傷口，更是喜形於色。那隻獒犬打從開始就沒有獲勝的希望，牠長得太笨重，而且動作太慢。最後，帥哥史密斯用木棍將白牙逼退後，獒犬才被主人拖出圍欄外。接下來便是交付賭金，錢幣在帥哥史密斯的手中叮噹作響。

白牙變得十分期待人們聚集到牠的圍欄旁邊。這意味著即將進行一場打鬥，也是白牙目前唯一能夠宣洩體內活力的途徑。牠被囚禁在圍欄裡遭受折磨、激發恨意，除非主人看好時機放一隻狗進來與牠對打，否則根本無從洩恨。帥哥史密斯已經準確估算了牠的戰力，因爲牠來沒有輸過。有一天，牠接連跟三隻狗對打。還有一天，一匹剛從野地捕獲的成年野狼被推進柵門裡面。甚至還有一天，他們同時放進兩隻狗與牠交戰。這是牠最慘烈的一次打鬥，雖然最後都將對方殺死了，但是自己也只剩下半條命。

那年秋天下了第一場雪，河面上開始漂起碎冰時，帥哥史密斯帶著行囊和白牙搭上一艘汽輪，準備從育空河前往道森。白牙在這一帶已經聲名大噪，「戰狼」的名號廣爲流傳，汽輪甲板上關著牠的籠子經常被好奇的人群包圍。牠要不就朝著人們怒吼，或者靜靜躺著、帶著冷酷的恨意研究他們。爲何要恨他們呢？白牙從未想過這個問題。牠只知道恨，而且迷失在這股憎恨的情緒中。對牠而言，生活已成一座煉獄。牠生來就不是爲了被人類關在這種虐待野獸的狹小空間，但這卻是目前現實的處境。人們盯著牠看，拿木棍伸進籠子裡逗得牠不停咆哮，然後對牠放聲嘲笑。

人群是環境的一部分，這些人逐漸將牠捏塑成比起本性更爲兇殘的動物。還好，大自然賦予牠可塑性。換成其他的動物，可能早就死亡或精神崩潰，牠卻能夠自我調適、存活下來，而且沒有喪失心智。或許，帥哥史密斯這個大惡魔有能力摧毀白牙的心智，但至少目前爲止他還沒有成功。

如果說帥哥史密斯的心中有一個惡魔，那麼白牙也有一個；兩個惡魔不斷地激烈對抗。以往白牙見到手持棍棒的人至少還懂得要趴下服從，但是牠現在完全拋開這樣的理智。只要一看到帥哥史密斯就足以讓牠轉爲暴怒。當他們近距離對峙，白牙被木棍逐退時，牠依然會露出獠牙、狂吼猛叫，也絕對少不了最後的咆哮。不論牠被揍得多慘，必定會吼上一聲；等到哥史密斯罷手離開時，就會聽到身後傳來挑釁的怒吼，或者白牙會撲向籠子的木條，大聲吼出心中的忿恨。

汽輪到達道森後，白牙上岸了。但是牠依然被關在籠子裡，在眾人的圍觀下過著毫無遮掩的日子。牠被掛上「戰狼」的名牌公開展示，人們要付出五十分的砂金才可以參觀。牠沒有任何休息的機會，只要躺下睡覺就會被棍棒戲弄吵醒——這樣觀眾才會覺得值回票價。爲了讓展示生動有趣，大部分時間牠都處於被激怒的狀態。但是最糟糕的是牠生活的周遭氣氛。牠被視爲最可怕的野獸，這種眼光穿過籠子烙印在牠心中。人們的每一句話語、每一個謹慎小心的動作，在在都加深了自己無比兇惡的印象。如此一來，對於牠殘暴的性情無疑是火上加油。這又再一次證明了牠的可塑性——受到環境壓力的揑塑。

除了被公開展示，牠還是個職業的搏鬥動物。每當人們安排好打鬥事宜，牠就會不定期被帶出籠子外，前往距離城鎮幾哩外的樹林裡；這通常在夜間進行，以免當地騎警干預。經過幾個小時的等待，當天光亮起，圍觀的群眾還有與牠對戰的狗就會到達。就這樣，牠打遍了大大小小、不同品種的狗。這是個野蠻的地方，充斥著野蠻的人群，而且打鬥通常是至死方休。

此後，白牙不斷進行打鬥，顯然死的都是其他的狗。牠未曾嚐過敗戰的滋味，經過早年與利嘴和整個小狗群的對戰訓練，提供了牠良好的基礎。牠可以牢牢站穩在地面，沒有任何一隻狗可以把牠撞倒。這是狼族最喜歡用的把戲——不論是直衝過去或者出其不意轉個彎，就是希望朝牠的肩膀用力撞翻。包括麥肯齊獵犬、愛斯基摩犬、拉布拉多犬、哈士奇犬或阿拉斯加犬都是用這種方式，也全都失敗。牠從來沒有跌倒。人們口耳相傳，每次都睜大眼睛等著看這情況發生；白牙每次都讓他們失望。

此外，牠的動作快如閃電，這也讓牠在對手面前佔盡優勢。無論對手的打鬥經驗如何豐富，牠們從未遇過像牠這般移動迅速的狗。牠那直接了當的攻擊也很值得一提。一般的狗都習慣有狂吠、豎毛、咆哮的準備動作，而牠們也都在還沒開始採取攻擊、甚至還沒從驚訝中回過神來，就被白牙撞倒了結。這種情形太常發生了，使得人們變成都在對手完成前置動作、充分準備好後才放開白牙，甚至讓對手先發出一擊後才放開牠。

但是白牙最有用的優勢就是牠的經驗。牠比所有與自己對陣的狗更了解打鬥，擁有更多的對戰經驗。牠知道如何應付更多種的伎倆與方法，自己的戰技又更爲豐富，打鬥方式已經將近完美。

逐漸地，牠的打鬥愈來愈少。人們對於要找到與牠並駕齊驅的對手已經不抱希望，於是帥哥史密斯不得不放進野狼與牠對打。這些是印第安人刻意誘捕的狼，因爲白牙與狼的戰鬥必定吸引大批人潮。有一回，抓來的是隻成年母山貓，這次白牙是爲了自己的生存而戰。山貓的敏捷與牠旗鼓相當，兇猛程度也是勢均力敵；白牙單憑一口利牙作戰，母山貓則多了四隻長爪。

經過與山貓的打鬥之後，白牙的戰事完全終止。牠再也沒有可以對打的動物——至少，人們認爲沒有足以與牠相提並論的動物。於是直到春天來臨以前，牠都被用來公開展示。直到一位叫作提姆·齊南的法羅牌發牌員來到此地，帶來一隻在克朗代克首次見到的鬥牛犬。這隻狗無可避免地終將與白牙碰頭；大約有一個星期的時間，預測戰況成了城鎮裡某些特定地方的主要話題。

第四章　糾纏的死神

帥哥史密斯鬆開白牙脖子上的鏈條後退出場外。

這一次白牙沒有立刻發動攻擊。牠站著不動，耳朵向前豎直，警覺而好奇地打量著眼前奇怪的動物。牠從來沒有看過這樣的狗。提姆·齊南把鬥牛犬往前一推，低聲說著：「加油。」這矮胖笨拙的狗搖搖晃晃走到人群圍起的圓圈中央停了下來，眨眨眼睛望著白牙。

人群中傳來叫喊聲：「上啊，契洛基！攻擊牠，吃掉牠！」

但是契洛基看起來並不想打鬥。牠回頭朝著那些叫喊的人眨一眨眼，溫馴地搖著只剩半截的尾巴。牠並不害怕，只是有些慵懶。況且對牠來說，眼前的這隻狗並不像是牠要戰鬥的對象。牠不習慣與那種狗打鬥，所以等著人們帶一隻眞正的狗上場。

提姆・齊南走到契洛基旁邊彎下身去，逆著毛髮撫弄著牠的兩側肩膀，輕輕向前推拂。這個動作充滿暗示，同時還有激發情緒的作用，因爲契洛基開始從喉嚨深處發出輕聲低吼。牠的吼聲呼應著手部動作的節奏，手向前推時喉頭低鳴漸入高峰，然後逐漸逝去，直到下一個動作開始又再次發聲。每次動作的結束就是一個節奏的頓挫，若是手部動作突然停止，吼聲便會猛然拉高。

這對白牙不無影響，牠的肩頸毛髮也豎直起來。提姆・齊南推了最後一下，然後退出場外。促使契洛基進攻的刺激止歇後，牠憑著自己的意志衝向前去，彎曲的短腿邁出飛快的步伐。這時候白牙採取攻擊，四周響起一陣訝異的讚嘆聲。牠不像隻狗，反倒像貓一般迅速迎上前去，快咬一口然後敏捷地退開。

鬥牛犬粗厚的脖子被撕咬出一道傷口，鮮血從耳朵後面滴下。牠毫不在意，甚至一聲吠叫都沒有，只是轉過身去追逐白牙。一方是敏捷迅速，另一方是沉著堅定，兩者的表現激發各自支持者的情緒，人們開始重新下注並且提高賭金。白牙一次次地躍進、撕咬、然後安全脫離，但是這個奇怪的敵人依舊不疾不徐、從容不迫、意志堅定地緊追在後，看似一副胸有成竹的樣子。牠這麼做是別有用心——爲了眞正想做的事而佈局，沒有任何事情可以使牠分心。

牠的所有舉止與每個行動都爲了這個目的。白牙感到相當迷惑。牠從來沒有見過這樣的一隻狗，沒有長毛的保護，肌膚柔軟又容易流血。牠不像其他與白牙同類的狗一樣，擁有厚實的皮毛可以阻礙牠的牙齒攻擊。每次牠張口一咬便能輕易深入軟嫩的肌肉，這個動物似乎沒有自衛的能力。另一件讓牠憂心的事就是對方一聲不響，不像以往與其他的狗打鬥時習慣面對的情況。牠既不咆哮、也不低吼，只是默默承受攻擊，卻一點也沒有求饒的跡象。

契洛基的動作並不慢，牠可以迅速地掉頭或轉身，只是從來沒有逮到白牙。契洛基也感到迷惑了。牠從來沒有和一隻無法靠近的狗打鬥過，以往交戰的雙方都想要近身搏鬥，但是眼前的這隻狗卻是保持著距離，左閃右躲，飄移不定。當牠咬中自己時，又不會緊咬不放，反而是立即鬆口然後竄走。

不過白牙一直咬不到對方脖子下的柔軟部位。鬥牛犬的個子太矮，還有那粗大的雙顎提供了多一層保護。白牙不時衝進衝出，絲毫沒有受傷，鬥牛犬身上的傷痕卻是不斷增加。牠的頸部與頭部兩側都被撕扯、咬傷、鮮血直流，但是一點也沒有顯示出驚慌失措的樣子。契洛基持續埋頭追逐，雖然一度受挫使牠完全停下腳步，朝著觀看的人們直眨眼，在此同時還搖了搖那半截尾巴，表示樂意投入這場戰鬥。

趁著這個時候，白牙飛快掠過牠身旁，撕咬那飽受痛擊的殘餘耳朵。契洛基略顯怒意，再度展開追逐。牠跑在白牙的內圈，奮力試圖向對手的脖子發動致命一擊。鬥牛犬的這一擊差之毫米，白牙驟然轉身竄往相反向而脫離危險，周圍也響起一片歡呼聲。

時間一分一秒過去，白牙依舊跳躍不定、左閃右躲、衝進衝出，不時在對方身上留下傷痕。鬥牛犬則是保持堅毅自信在後面奮力追趕，牠遲早會達到目的，給予致勝的一擊。在此之前，牠忍受對手在自己身上造成的所有傷害。牠的兩隻耳朵已經被撕爛，脖子和肩膀佈滿傷痕，連嘴唇也被咬傷而流血不止——這些都是在牠冷不防的瞬間所造成的。

白牙一次次想要撞倒契洛基，但是牠們的身高相差太懸殊。契洛基實在太矮、太靠近地面了。白牙不斷故技重施，在一次迅速折返時終於抓到機會。契洛基在比較緩慢的轉身時會把頭撇向一側，讓肩膀暴露出來。白牙逮到這一刻猛力撞過去，但是牠的肩膀比對方高出許多，在如此強大的力道下使牠完全翻過對方的身體。在牠的打鬥史中，這是人們第一次看到白牙失足。牠在空中翻了半圈，若不是像貓一樣即時扭動身軀、把腳轉向地面，準會摔個四腳朝天。經過這麼一撞，牠側身重重地跌落地上。下一瞬間，白牙立刻站了起來，但是同時契洛基的牙齒也咬向牠的喉嚨。

這一咬並沒命中要害，位置太低、偏向胸口的地方；但是契洛基緊咬著不放。白牙使力蹦跳、左甩右晃，企圖擺脫鬥牛犬的身體。糾纏重拖的身軀約束了牠的行動、限制了牠的自由，令牠暴怒不已。這就像落入陷阱一般，白牙激起全身的本能去反抗它。那是近乎瘋狂的抗爭，一時之間牠完全失去理智。體內原始的生命力掌控了牠，求生的意志將牠淹沒。牠被這純粹對於生命的熱愛所主宰，將所有的智慧抛在腦後。彷彿失去大腦一樣，牠的理智已經被肉體對於生存與活動的盲目渴望所取代；牠不顧一切地活動，繼續地活動，因為活動代表了牠的生存。

繞了一圈又一圈，牠不斷地迴旋、轉身、折返，企圖甩掉拖曳在喉嚨的那五十磅重量。鬥牛犬並沒有採取什麼行動，就只是緊咬著不放。有時候牠難得站穩了腳步，便趁這片刻的時機挺住身體對抗白牙。但是下一刻又失去重心，於是任由白牙拖著瘋狂打轉。契洛基完全依照直覺行動。牠知道這樣緊咬不放是對的，於是心滿意足地泛起喜極的顫抖，甚至還閉起眼睛，任由自己的身體被左甩右晃，也不在乎會受到什麼傷害。那些都無關緊要，重要的是絕不鬆口，而牠的確是緊咬不放。

白牙只有在疲憊不堪的時候才停下來。牠無計可施，而且不明白為什麼會這樣。在牠經歷過的所有戰事中，從來沒有發生這種事情；以往和自己交手的狗都不會用這種方式打鬥。和那些狗對戰只需要猛咬、撕扯、逃脫，猛咬、撕扯、逃脫。白牙氣喘吁吁地側身半躺在地上。契洛基依舊緊咬著牠，用力推擠，想要使牠完全倒下。白牙拼命抵抗，同時也感覺到對方的雙顎藉由一開一合的咀嚼動作慢慢移動。每一次的移動都向牠的喉嚨靠得更近了。鬥牛犬的戰術是緊緊抓住自己所能掌握的，然後當機會來臨時便向前推進。當白牙靜止時便是牠的機會。當白牙奮力掙扎時，契洛基只管咬住不放就行了。

契洛基頸背隆起處是白牙的牙齒唯一能夠觸及牠身體的地方。牠朝著脖子與肩膀的交接處咬下去；但是牠不會運用咀嚼的戰法，而且雙顎也不適合這種方式。牠斷斷續續地用牙齒撕咬了一段時間。接著，牠們之間的位置發生了變化。鬥牛犬設法將牠四腳朝天地翻倒在地，居高臨下地咬住牠的喉嚨。白牙像貓一般弓起臀部，後腳朝著壓在身上的敵人腹部猛蹬，刨出長長的抓痕。契洛基若不是即時以牠緊咬的地方爲軸心轉了個直角，大概已經被開腸破肚了。

白牙無法擺脫對方緊咬的雙顎。它就像無情的命運一樣，沿著頸脈慢慢往上移。唯一能夠拯救白牙性命的，是牠脖子上鬆垮的皮膚以及覆蓋的厚毛，契洛基咬在嘴裡形成一團毛球，讓牠的牙齒幾乎無法造成傷害。但是只要一有機會，契洛基就一點一點地將更多鬆垮的皮毛咬進嘴裡，逐漸掐緊白牙的喉嚨。漸漸地，白牙的呼吸愈來愈困難。

這場戰鬥看起來似乎勝負已定。契洛基的支持者發出歡呼聲，紛紛追加賭注。白牙的支持者相對地就顯得垂頭喪氣，拒絕接受十比一甚至二十比一的賠率，只有一個魯莽的人押在五十比一的賠率上。這個人就是帥哥史密斯。他向場中跨進一步，用手指著白牙，開始輕蔑地大聲嘲笑起來。這一招果然有效。白牙氣得發狂，用盡剩餘的力量站了起來。牠在場中掙扎著打轉，拖著咬住自己喉嚨的五十磅重敵人，此時憤怒轉變成爲恐慌。牠再次被原始的生命力所主宰，理智在渴望生存的意志前消逝殆盡。牠跌跌撞撞地來回繞了一圈又一圈，不時摔倒又站起來，甚至有時候還高舉前腳，把敵人吊在半空中。不論如何掙扎，牠就是無法擺脫那糾纏的死神。

最後牠氣力用盡，搖搖晃晃地向後倒下去；鬥牛犬馬上移動牙齒，更加緊貼著牠的脖子，將那皮毛覆蓋的肌肉一步步咬進嘴裡，使得白牙更加窒息。爲勝利者的喝采高聲響起，許多人喊著：「契洛基！契洛基！」牠神采曳曳地搖著半截尾巴予以回應。但是這些喧鬧的歡呼並沒有讓牠分心。牠的半截尾巴和寬闊雙顎並非同一步調。尾巴儘管在搖，但是雙顎仍舊無情地緊咬著白牙的喉嚨。

就在這個時候，群眾的注意力轉移開了。附近傳來鈴鐺聲響，接著聽見趕狗人的吆喝聲。除了帥哥史密斯，所有人都擔心地抬頭張望，深怕來的是警察。不過他們看到的是兩個人趕著狗群和雪橇，沿著眾人的足跡跑向鎮上，而不是靠近過來。他們顯然是沿著小溪進行探勘的旅程。他們看見圍觀群眾的時候便喝令隊伍停止，走進人群當中，對這熱烈的場面想要一探究竟。趕狗人蓄著八字鬍，另一名身材較高、年紀較輕的男子臉上則是刮得相當乾淨，他的皮膚因爲血管擴張以及在嚴寒的天氣中奔跑而顯得紅漲。

白牙幾乎已經停止掙扎，只有偶爾毫無目的地抵抗一下。牠只能吸到些微空氣，隨著那無情的大嘴愈閉愈緊，可以吸進的空氣也愈來愈少。即使有濃厚的毛皮覆蓋，若不是鬥牛犬的第一口咬得太低、幾乎到了胸口的位置，也許牠的頸部血管早已被咬斷。契洛基費了一番功夫把牙齒慢慢往上移，這也讓牠的兩齒之間塞滿更多的皺皮與毛球。

這個時候，帥哥史密斯極度的獸性竄升到腦門，凌駕了他僅有的一絲清醒神智。當他看到白牙的眼神變得呆滯，就知道這場打鬥輸定了。他跳向白牙，開始狠狠踢牠。群眾發出噓聲、抗議不斷，但也僅止於此。帥哥史密斯繼續猛踢，同時人群裡掀起一陣騷動。剛來的那名高大年輕人強行穿過人群，毫不客氣地用肩膀頂開兩旁的觀眾。當他進入場中，帥哥史密斯正要再踢一腳，身體重量集中在另一隻腳，全身的平衡不是很穩固。這時年輕人的拳頭用力揮打在他臉上。帥哥史密斯站著的那隻腳離開了地面，身體就像被高舉到半空中，然後向後翻滾，重重跌在雪地上。年輕人轉身面向群眾。

「你們這些懦夫！」他大吼：「你們這些禽獸！」

他憤怒至極——充滿理性的憤怒。他的雙眼掃過群眾時，散發出如金屬般的灰亮色澤。帥哥史密斯重新站了起來，抽著鼻子，怯懦地朝他走去。年輕人不曉得對方是個糟糕的懦夫，以為他是要回來打架，於是喊了一聲：「你這個畜牲！」便朝著帥哥史密斯的臉揮出第二拳，把他打翻在地上。帥哥史密斯認定雪地是最安全的地方，於是躺著不動，完全不打算爬起來。

「來吧，麥特，過來幫忙。」年輕人叫喚著跟他一起進入場內的趕狗人。

他們俯身看著兩隻狗。麥特抓住白牙，準備趁契洛基鬆口時將牠拉開。年輕人則是抓住契洛基的雙顎，卯足全力要把牠的嘴扳開。這只是白費功夫。他又拉、又扯、又扭，每喘口氣都喊一次：「畜牲！」

人群開始變得躁動，有些人出言抗議他們破壞了這場競技；但是當年輕人抬頭片刻，怒氣衝衝地瞪著他們，大家又馬上鴉雀無聲。

「你們這些該死的禽獸！」最後他大罵一聲，然後繼續手上的工作。

「沒有用的，史考特先生，你這樣根本弄不開。」最後麥特說。

他們倆暫停下來，打量著緊緊糾纏的這兩隻狗。

「沒流太多血，」麥特宣稱：「還沒有完全咬進去。」

「但是牠隨時可能會這麼做。」史考特回答說：「瞧，你看到沒！牠的牙齒又移動了一點。」

年輕人愈來愈激動，也愈來愈替白牙擔憂。他不斷猛打契洛基的腦袋，但是牠依然沒有鬆開雙顎。契洛基搖著自己的短尾巴，表示牠明白這些重擊的意思，但是牠認爲自己並沒有錯，緊緊咬住對方只是在克盡自己的責任。

「你們就沒人來幫個忙嗎？」史考特絕望地朝著人群大喊。

但是沒有人伸出援手。反倒是群眾開始冷嘲熱諷地為他喝倒采，還提出一些可笑的建議潑他冷水。

「你得拿一根橇桿來。」麥特提供意見。

年輕人伸手到腰後的槍袋抽出左輪手槍，試著將槍管塞進鬥牛犬的兩排牙齒間。他使勁地推，推得非常用力，直到金屬磨擦牙齒的刺耳聲音變得清晰響亮。兩個人都跪在地上，低頭處理兩隻狗。提姆．齊南大步走進場內，停在史考特身旁，拍拍他的肩膀，不懷好意地說：

「別弄斷了牠的牙齒，陌生人。」

「那我就弄斷牠的脖子。」史考特回嘴，繼續用槍管又推又擠。

「我說別弄斷牠的牙齒。」這個發牌員的口氣比之前更兇惡了。

如果他是想要嚇唬人，那麼這一招不管用。史考特並沒有停止手上的工作，只是冷冷地抬頭看牠一眼，問道：

「你的狗？」

發牌員嘀咕一聲。

「那就過來弄開牠的嘴巴。」

「喔，陌生人，」對方用令人惱怒的聲調慢慢說：「老實告訴你，這件事我自己也辦不到。我不知道怎麼做才能奏效。」

「那就滾到一邊，」史考特回答：「不要煩我，現在正忙著。」

提姆·齊南仍舊站旁邊，但是史考特不再加以理會。他設法將槍管從緊閉雙顎的一側塞進去，再從另一側穿出來。當他完成這個動作後，便小心翼翼、一點一點撬開兩排牙齒，同時麥特也一點一點地抽出白牙傷痕累累的脖子。

「準備帶走你的狗。」史考特斷然地命令契洛基的主人。

發牌員乖乖彎下腰去，牢牢抓住契洛基。

「就是現在！」史考特大聲提醒，然後撬開最後一下。

兩隻狗被拉開，鬥牛犬還活力充沛地掙扎了幾下。

「把牠帶走。」史考特下令，於是提姆·齊南拖著契洛基回到人群中。

白牙奮力嘗試了好幾回都沒有辦法起身。有一次好不容易站了起來，卻因爲四肢過於虛弱而無法支撐身體，又緩緩地癱倒在雪地上。牠的雙眼半合，透露著呆滯的眼神，半開的雙顎間吐出舌頭，無力地垂吊在嘴邊。從外表看起來，牠就像是隻被勒斃的狗。麥特對牠檢視了一番。

「這狗精疲力竭了，」他說：「但是還有呼吸。」

帥哥史密斯已經爬起來，走過來看著白牙。

「麥特，一隻健康的雪橇狗要價多少？」史考特問。

依舊跪在地上、俯身照料白牙的趕狗人計算了一會兒。

「三百元。」他回答。

「那麼像牠被咬成這副模樣的呢？」史考特用腳推了推白牙，同時問道。

「半價。」趕狗人判斷。史考特轉向帥哥史密斯。

「你聽到了嗎，畜牲先生？我要帶走你的狗，然後付你一百五十元。」

他打開皮夾數了鈔票。

帥哥史密斯將手放在背後，拒絕收下這筆金錢。

「我不賣。」他說。

「喔，你當然要賣。」對方篤定地說：「因爲我就是要買。這是你的錢，狗是我的了。」

帥哥史密斯的手依然放在背後，然後開始往後倒退。

史考特跳到他面前，舉起拳頭作勢要打他，帥哥史密斯瑟縮著身體準備挨揍。

「我有我的權利。」他嗚咽低語。

「你已經喪失擁有這隻狗的權利，」給他的回答是：「你要收下這筆錢，還是要讓我再揍你一頓？」

「好吧。」帥哥史密斯在滿心恐懼下同意了。「不過我是無可奈何才收下這筆錢。」他補充說：「這隻狗價值不菲，我不能任由人掠奪。一個人應該有自己的權利。」

「完全正確。」史考特回答說，同時把錢遞給他。「一個人有他的權利。不過你不是人，你是畜牲。」

「等我回去道森就走著瞧。」帥哥史密斯威脅說：「我會讓法律制裁你。」

「如果你回道森敢開口，我就要你滾出城外。明白了嗎？」帥哥史密斯嘀咕著。

「明白了嗎？」史考特突然惡狠狠地吼了一聲

「是的。」帥哥史密斯低聲下氣說道。

「是什麼？」

「是的，先生。」帥哥史密斯大吼。

「小心，他要咬人了！」有個人高呼，立刻引起一陣哄堂大笑。

史考特轉身背對著他，回去協助照顧白牙的趕狗人。

有些觀眾已經離開；另外的人三五成群，在一旁觀望、交談。提姆・齊南加入其中一群人。

「這個惡棍是誰？」他問。

「威登・史考特。」有個人回答。

「威登・史考特又是誰？」發牌員又問。

「喔，他可是最傑出的採礦專家之一，跟所有的大人物都有交情。如果不想惹麻煩，最好離他遠一點，這是我的忠告。他與官員們都很要好，尤其金礦管理局長是他的至交好友。」

「我就知道他是個重要人物，」發牌員表示：「所以打從一開始就不想惹他。」

第五章　難以馴服

「這樣行不通的。」威登．史考特坦承。

他坐在自家小屋的台階上注視著趕狗人。對方聳一聳肩，同樣表示不抱希望。

他們一起望著扯緊鏈條的白牙，兇猛地豎毛、咆哮、拼命想衝向雪橇狗。那些雪橇狗受過麥特的各種教訓——應該說是藉由棍棒給予的教訓——知道不要去招惹白牙；於是牠們躺在遠處，顯然無視牠的存在。

「牠是一匹狼，根本無法馴服。」威登．史考特這麼說。

「噢，我看未必如此。」麥特反駁。「儘管您可以說牠只是有很多地方像狗。但是有一件事我可以確定，而且絕對錯不了。」

趕狗人停下話語，神祕兮兮地朝著穆斯海德山的方向點了點頭。

「哎呀，別裝神祕了。」史考特等了一段時間後，不耐煩地說：「快說，到底是什麼？」

趕狗人用大姆指朝後指了指白牙。

「不管是狼、是狗都一樣，牠曾經被馴養過。」

「不可能！」

「我告訴您就是如此，而且還套過輓具。仔細瞧，有沒有看見胸前的那些痕跡？」

「你說得沒錯，麥特。帥哥史密斯得到牠以前，牠是隻雪橇狗。」

「所以就沒理由不讓牠再當個雪橇狗。」

「你認爲呢？」史考特殷切地詢問。接著，心中燃起的希望又逐漸消退，他搖著頭說：「我們已經養牠兩個星期了，現在牠唯一的差別是比以前更野蠻。」

「給牠一個機會，」麥特建議：「把牠鬆開一陣子。」

對方不可置信地看著牠。

「沒錯，」麥特繼續說：「我知道您曾經嘗試過，但是當時您沒有拿棍子。」

「那麼你來試試看。」

趕狗人緊握著一根棍子，朝著被鏈子栓住的動物走過去。白牙看見棍子，表現得就像籠子裡的獅子看到馴獸師拿來鞭子一樣。

「瞧，牠的眼睛一直盯著棍子。」麥特說：「這是個好徵兆。牠並不笨。只要我手裡拿了棍子，牠就不敢攻擊我。毫無疑問，牠並不是完全瘋狂的。」

當這個人的手靠近脖子的時候，白牙豎起毛髮，又是咆哮、又是蹲低身體。牠注視著逐漸逼近的那隻手，同時也一直留意著頭頂上那另一隻手中作勢威脅的棍子。麥特解開脖子上的鏈條，接著向後退開。

白牙無法理解自己獲得自由了。牠落入帥哥史密斯的手中已經有好幾個月，這段期間從未嚐過自由的滋味，除了被放開與其他的狗打鬥。打鬥結束後，牠又會立刻被囚禁起來。

牠不知道這是怎麼一回事，也許神即將對牠施以新的暴行。牠謹慎地緩步走動，準備好隨時遭受攻擊。牠不知道該麼辦，現在的情況是前所未見的。牠提防著那兩個緊盯自己的神，小心翼翼地遠離他們，走向小屋的轉角。什麼事都沒有發生。牠感到相當疑惑，於是又往回走，停在十多呎外的距離打量這兩個人。

「牠會不會逃走？」白牙的新主人問。

麥特聳一聳肩。「賭一把了。要知道結果，只有靜觀其變。」

「可憐的傢伙。」史考特憐憫地喃喃自語：「牠所需要的是人類一些善意的表示。」說著，便轉身進入小屋內。

牠帶了一塊肉出來，然後扔向白牙。白牙跳了開來，隔著一段距離滿腹狐疑地注視著它。

「嘿！喂！少校！」麥特大聲警告，但是太遲了。

少校已經跳向那塊肉。就在牠剛咬住肉塊的瞬間，白牙對牠發動攻擊，把牠撞翻。麥特衝過來，但是白牙的動作更快。少校搖搖晃晃地站起來，喉嚨湧出的鮮血把雪地染紅了一大片。

「眞糟糕，但這也是牠自找的。」史考特急忙說。

不過麥特已經舉起腳踢向白牙。只見一個飛撲、牙齒一閃，接著一聲驚叫。白牙倒退爬行了幾碼，兇猛地咆哮著，同時麥特低下身去檢視自己的腿。

「牠咬得眞準。」麥特指著自己被扯破的褲子，以及逐漸暈開的血跡。

「我就說行不通的，麥特。」史考特的語氣很沮喪。「雖然不願意去想，不過我還是偶爾有考慮過這件事。現在到了這個地步，我們必須這麼做了。」

他一邊說著，一邊無奈地拿出左輪手槍，打開槍膛，確定裡面裝了子彈。

「聽我說，史考特先生，」麥特反駁：「那隻狗才脫離地獄般的生活，您不能期望牠馬上變成一個純淨的天使。給牠一點時間。」

「看看少校。」對方回答。

趕狗人檢查了被擊倒的狗。牠躺在自己的血泊中，顯然只剩最後一口氣。

「這是牠自找的，您也這麼說了，史考特先生。牠要搶白牙的肉，結果丟了性命。那是可以預料的。不會爲自己的肉奮戰的狗，我根本就不放在眼裡。」

「可是瞧瞧你自己，麥特。就算牠對狗做的事沒有錯，我們總該要有個底限。」

「是我活該。」麥特頑固地辯解。「我不是要踢牠嗎？您自己也說牠沒有做錯，所以我無權踢牠。」

「殺了牠是對牠的憐憫，」史考特堅持：「牠根本無法馴服。」

「聽我說，史考特先生，給這可憐的傢伙一個奮鬥的機會。牠沒有得到過任何機會，之前都是生活在地獄裡，這才是第一次被鬆開。給牠一個公平的機會，如果仍舊不符期望，那麼我會親自殺了牠！」

「天曉得我也不想殺牠，也不希望牠被別人殺死。」史考特回答，同時收起左輪槍。「我們讓牠自由行動，看看對牠有什麼幫助。就這麼試試看吧。」

他走向白牙，開始輕聲地安撫牠。

「最好拿根棍子。」麥特警告。

史考特搖搖頭，試圖要贏得白牙的信任。

白牙疑神疑鬼的，感覺似乎有事情即將發生。牠才殺了這個神的狗，還咬傷他的同伴，除了嚴厲的懲罰，還能期待什麼事嗎？但是牠的神色依舊頑強，豎直了毛、露出牙齒、目光銳利，全身戒備著準備應付任何狀況。這個神的手上沒有拿棍子，於是牠隱忍著讓他靠得很近。神伸出手直往牠頭頂落下，白牙縮成一團，繃緊神經蹲伏在那隻手下面。危險就在眼前，包準是不安好心之類的事。牠了解神的手，它們代表支配，善於製造傷害。此外，牠一向就討厭被觸摸。牠咆哮得更有威脅、蹲得更低，然而那隻手繼續往下降。牠並不想咬那隻手，不斷壓抑著它所帶來的危機感，直到心中的本能爆發，對於生存的無限渴望主宰了牠的行爲。

威登．史考特相信自己的動作快得足以閃躲任何的攫咬。但是他沒有見識過白牙不同凡響的敏捷動作，就像盤繞的蛇一樣可以迅速地一擊中的。

史考特驚聲尖叫出來，用另一隻手緊緊握住自己受到撕扯的手。麥特大罵一聲，衝向他身邊。白牙匍匐著往後退去，豎著毛、露出牙、瞪著一雙兇惡的眼睛。現在牠可以料想即將受到如同來自帥哥史密斯的一頓痛毆。

「喂！你要做什麼？」史考特突然大喊。

麥特衝進小屋裡拿了枝來福槍出來。

「沒什麼，」他故作鎮靜，毫不在乎地慢慢說道：「只是要實踐自己的諾言罷了。我想現在該是依我所言殺了牠的時候了。」

「不，你不可以！」

「當然可以，看我的。」

就像剛才麥特被咬時替白牙求情，現在輪到史考特替白牙求情。

「你說要給牠一個機會的。那麼，就給牠這次機會。我們才剛開始，總不能一開始就放棄。這次是我活該。還有……你瞧牠！」

白牙在四十呎外的小屋轉角處，帶著令人毛骨悚然的惡意咆哮，不是對著史考特，卻是對著趕狗人。

「啊，眞是讓我不敢相信！」趕狗人表達心中的訝異。

「看看牠有多聰明，」史考特馬上接著說：「牠和你一樣知道槍枝代表著什麼。牠有這種智慧，我們要給這智慧一個機會。把槍放下。」

「好，就這麼辦。」麥特同意，同時把來福槍靠在木柴堆旁。

「你眞該看看牠！」不一會，他嚷嚷著。

白牙安靜下來，停止咆哮。「這值得研究一番。您瞧。」

麥特伸手觸碰來福槍，白牙立刻開始咆哮。他一離開來福槍，白牙便闔起雙唇，掩住牙齒。

「現在，逗一逗牠。」

麥特拿起來槍，開始慢慢舉到肩上。白牙隨著牠的動作開始咆哮，槍舉得愈高，就叫得愈兇。但是不等來福槍舉平瞄準，牠就逃竄到小屋轉角的後面。麥特站著不動，凝視那白牙原本所在的空地。

趕狗人鄭重地放下來福槍，然後轉過身去望著他的雇主。

「我同意您說的，史考特先生。這狗太聰明了，不該殺牠。」

第六章　親愛的主人

白牙看著威登．史考特漸漸走近，牠豎起毛髮、發出咆哮，表示自己絕不屈從接受懲罰。自從牠咬傷那隻現在紮上繃帶、吊著腕帶的手，已經過了二十四個小時。以前白牙曾經歷過延後執行的懲罰，牠擔心這種情形又要發生。要不然還有其他的可能嗎？牠做了悖逆神的行爲，將利牙咬進神明的神聖肌膚，而且還是優越的白皮膚神明。依據牠與神的交往經驗來看，理所當然地要面對某種可怕的事情。

神在幾呎的距離外坐下。白牙看不出有任何的危險。神明執行懲罰時都是站著的。而且，這個神沒有拿棍棒、鞭子或者槍枝。更何況，牠現在無拘無束、沒有被鏈條或木棍綁住，可以趁著神站起來的時候跑到安全的地方。在此之前，牠可以先觀望一番。

這神依舊沉默不語、停止不動；白牙的咆哮轉爲低吼，然後逐漸消失在喉間。接著神開始說話了，白牙一聽到他的聲音，頸間的鬃毛就豎了起來，喉嚨也發出低吼。但是神沒有表現出敵意的舉動，繼續平靜地說話。白牙的低吼一度伴隨著的話語聲，兩者之間有著交相呼應的節奏。但是神一直滔滔不絕，用白牙以往未曾接受過的方式對牠說話。牠的語氣柔和平緩，一股親切的感受似乎打動了白牙。白牙忘卻了自我與本能的強烈戒心，開始對這個神產生信任。他有一種與人相處以來前所未見的安全感。

經過一段時間後，神起身走進小屋裡。當神走出屋外，白牙憂心忡忡地看著他。他既沒有拿著鞭子，也沒有帶著棍棒或武器。那隻受傷的手放在背後，也沒有藏了什麼可怕的東西。他像之前一樣，坐在距離幾呎之外的老位置，然後拿出一小塊肉。白牙豎直耳朵、猜疑地研究著眼前的情況，設法同時盯住肉塊和那個神，而且留意著任何動靜。牠的全身繃緊，準備一發現有敵意的徵兆就立刻逃走。

懲罰依舊遲未降臨，神只是拿著一塊肉湊近牠的鼻子。肉看起來似乎也沒什麼問題。但是白牙仍然滿腹狐疑；儘管神的手不斷把肉往牠面前推送，牠還是拒絕碰它。神是聰明絕頂的，誰知道那看似無害的一塊肉可能藏了什麼狡詐的詭計。在以往的經驗裡，尤其是面對婦女的時候，肉和懲罰經常有著不祥的關連。

最後，神把肉扔到白牙腳邊的雪地上。牠小心地嗅了嗅那塊肉，眼睛卻沒有看它，而是一直盯著那個神。什麼事也沒發生。牠把那塊肉咬進嘴裡並且吞了下去。依舊沒有任何事情發生。神竟然又拿給牠另一塊肉，白牙還是拒絕從牠手中接下，於是肉再次被扔到牠面前。這樣的動作重複了好幾次。最後神不再把肉扔給牠，而是一直拿在手上等牠來吃。

這肉塊是上好的肉，而且白牙肚子實在餓了。牠極為謹慎地漸漸走近那隻手，最後決定從那手中吃掉肉塊。牠的眼睛始終緊盯著神，向前伸出頭時耳朵向後貼平，頸毛不自主地豎了起來，同時喉嚨還發出低吼，警告對方自己不是好惹的。牠把肉吃掉，沒有發生任何事。一塊接著一塊，牠吃掉了所有的肉，而且都沒有發生什麼事情。懲罰依舊延後執行。

牠舔了舔雙顎，在一旁等待。神繼續說話，語調中帶著善意——這是白牙從未經歷過的東西，同時心中也產生一種前所未有的感覺。牠意識到一股莫名的愉悅，就像某種慾求獲得了滿足，或者內心的某個缺憾獲得填補。這時候本能的覺醒與過往經驗的警告再次浮現：神是詭計多端的，他們用各種難以預料的手段達成目的。

啊，正如牠所想的！現在事情就要發生了，神善於製造傷害的手朝牠伸出，往牠的頭頂落下。但是神繼續說話，語調柔和平緩。儘管有那充滿威脅的手，但是語聲卻喚起白牙的信賴。儘管有那令人安心的話語，但是那手卻激起心中的懷疑。在相互矛盾的感覺與衝動拉扯下，白牙似乎快被撕成碎片，牠的自制力面臨了嚴苛的考驗，唯有藉助罕見的猶豫才將這兩股爭相主宰的力量統合在一起。

白牙妥協了。牠低吼、豎毛、壓平耳朵，但是沒有開口咬人或逃走。那隻手不斷向下降，愈來愈靠近，然後觸碰到豎直的毛髮末梢。白牙往下退縮，手也跟著向下，按壓得更緊了。白牙幾乎是瑟縮著身體，不過依然保持鎮靜。這隻觸摸牠的手違逆了白牙的天性，令牠感到苦惱。一時之間，牠無法忘記過去人們的手施加於自己身上的種種惡行。然而這是神的旨意，牠只好盡力忍受。

那隻手以一種輕拍、撫摸的動作重複提起又落下。這個動作持續著，但是每當手提起時，白牙的毛就跟著豎直。隨著手一落下，牠的耳朵便又貼平，喉嚨發出低鳴的吼聲。白牙一聲聲的低吼不斷發出警告，藉此表示準備對任何可能遭受的傷害進行反擊。誰知道神別有用心的動機什麼時候會顯露。那輕柔、喚起信賴的聲音隨時可能轉變成爲怒吼，和善拍撫的手也可能變成像把虎鉗似的緊緊抓住牠，然後施以懲罰。

但是神依然輕柔說著話，那隻手也始終沒有半點敵意地上下拍撫。白牙體驗到兩種不同的感覺。牠的本能厭惡神的手，因爲它帶給牠約束，違背了牠追求自由的意志。但是它並沒有造成肉體上的痛苦；相反地，甚至帶來一種舒服的感覺。拍撫的動作緩慢而謹愼地轉變爲搔弄耳根，肉體的感覺更舒服了一些。但是牠仍然心存恐懼而且保持警戒，預料著意想不到的惡行即將來臨，苦惱與享受的感覺交替出現，主宰了牠隨之擺盪的情緒。

「哎呀，我眞不敢相信！」

麥特從小屋走出來時這麼說。他捲著袖子，手裡端著一盆洗過碗盤的水正要往外潑，一看到威登・史考特正在拍撫白牙，便停下了手中的動作。

他的聲音一劃破周遭的寂靜，白牙立刻往後躍起，粗野地對他咆哮。

麥特十分不以爲然地看著他的雇主。

「如果您不介意我說出心裡的感覺，史考特先生，容我說句無禮的話，您就像是有十七種全然不同面貌的小丑，每個面貌都相當了不起。」

威登・史考特帶著一抹驕傲的微笑，站起來走向白牙。他說了一些安慰的話，過了不久又慢慢將手放在白牙的頭上，恢復剛才被打斷的拍撫。白牙容忍著拍撫，猜忌的眼神緊盯著不是這個在拍牠的人，而是站在門口的那個人。

「您也許是個頂尖的掘礦專家，這是無庸置疑的，」趕狗人煞有介事地說：「但是小時候沒有偷跑去加入馬戲團，可眞是錯失了人生的一大機會。」

白牙對著他的聲音咆哮，但是這一次沒有從那輕撫著牠的頭和頸背的手底下跳開。

這對白牙是一個終結的開始——終結了過往的生活以及憎恨的籠罩。一段嶄新而又不可思議的美好生活即將展開。這需要威登・史考特費盡心思加上無限耐心才能實現。對白牙來說，最需要的就是洗心革面。牠必須忘卻本能與心智的衝動與催促，拋開經驗，讓生活揭開其中的眞相。

白牙過去所認知的生活，不僅幾乎無法包容牠現在所過的生活，而且兩者的情況完全相互抵觸。簡單說，在權衡所有的狀況下，如今牠所要調適的，遠遠超過當初自願從荒野回到灰鬍子身旁、並且接受牠爲主人的時候。牠在那個時候只是一隻小狗，性格柔軟而且尚未定型，等待環境的雙手給予捏塑。但是現在不一樣了，環境已經完成了它的工作，將牠塑造成一隻兇猛無情、冷酷而又討人厭的戰狼。若要完全再改變就像逆流而上一樣困難，年輕時的可塑性已經不復見，全身纖維早已變得錯綜頑強，交織成粗糙堅硬的結實肌理，心靈的面貌就像冰冷的鋼鐵，所有的本能與原則都是既定規則、戒慎、嫌惡與渴望的結晶。

然而在這新的調適中，環境之手重新揑塑，軟化了牠剛烈的個性，改造成更平順的形態。實際上，威登．史考特就是這雙手，他深入白牙本性的根源，用善意觸發牠原本凋萎而近乎枯竭的生命潛能。其中一項潛能便是愛，它取代了喜歡，成爲爾後與神交往中最令牠爲之興奮的強烈感受。

不過愛並非一蹴可及。它是源起於喜歡，然後慢慢滋長。白牙雖然被解開鎖鏈，但是並沒有逃走，因爲牠喜歡這個新的神。目前的狀況顯然比起生活在帥哥史密斯的牢籠中要好得多，而且牠應該要有一個神。人類的統御是牠本性需求的。早在牠離開荒野、匍匐到灰鬍子身邊，同時預期著可能遭受的痛毆時，依賴人類的印記已經刻劃在牠身上。當漫長饑荒結束，灰鬍子的聚落又有魚可吃，牠第二次離開荒野時，這個印記更永遠烙印在身上。

因爲需要一個神，而且牠喜歡威登・史考特勝過帥哥史密斯，於是白牙留了下來。牠以忠誠作爲回報，並且擔負起看守主人財產的工作。當雪橇狗睡著的時候，牠就在小屋四周巡視，第一個夜訪小屋被牠遇見的人不得不用棍棒將牠擊退，直到威登・史考特前來解危。不過白牙很快就學會分辨賊宵與正直的人，並且從腳步和舉止衡量身份。牠不會招惹那些步伐響亮、直接了當走向小屋門口的人——不過仍然保持警戒看著訪客，直到主人開門招呼入內。至於那些躡手躡腳、迂迴繞行、東張西望、遮掩探尋的人，將會遭遇到毫不猶豫的白牙，在驚訝、倉促之下落荒而逃。

威登・史考特把補償白牙視爲自己的工作——應該說是補償過去人類對白牙的錯誤行爲。這是原則與良知的問題。他認爲白牙遭受的惡行是人類欠下的債，一定要償還，於是他格外善待這隻戰狼，每天特地久久地輕拍與撫弄白牙。

白牙由最初的猜疑和敵視，漸漸變成喜歡這種寵愛。不過牠有件事無法改變——低吼。從開始拍撫直到結束，牠都一直發出低吼。不過這種低吼帶有新的意涵。陌生人聽不出其中的意涵，白牙的低吼對他們而言是原始野性的展現，令人神經緊張而又毛骨悚然。但是自從幼年時在狼窩發出第一聲小小的尖銳怒吼開始，多年來已經狂吼無數，嗓音早已粗糙不堪，牠無法從喉嚨發出輕柔的聲音來表達親切的感受。然而，威登·史考特的耳朵與憐憫之心敏銳得足以分辨出埋藏在兇猛聲響下的新意涵——唯有他才能聽到那因爲心滿意足而發出的微弱輕哼。

日復一日，喜歡迅速演變成爲愛。雖然在意識裡並不曉得愛是什麼，白牙還是開始漸漸察覺到它的存在。它顯示出自己生存中的缺憾——是一種饑渴的、疼痛的、欲求得到塡補的缺憾。它是苦惱與不安，唯有新神出現在眼前才能得到舒解。在這時候，愛是令牠感到喜悅，是狂野和極爲興奮的滿足。但是當神離開身邊，苦惱與不安又會回來；內心的缺憾頓時出現，空虛壓迫在心頭，饑渴會不斷啃食著自己。

白牙處於發掘自我的過程。儘管牠到了成熟的年齡，而且已經被塑造成兇猛嚴厲的性格，然而牠的天性正經歷一次擴張。許多奇妙的感覺以及不尋常的衝動在牠心中迅速增長，舊有的行爲準則也開始發生變化。以往牠喜歡舒服和消除痛苦，討厭不舒服與痛苦，並且依此調整自己的行爲。但是現在不同了。因爲這些嶄新的奇妙感覺，使牠經常爲了主人選擇不舒服與痛苦。因此每天清晨牠不再到處閒晃、覓食，或者躺在隱蔽的角落，反倒願意在淒涼的小屋門階苦等好幾個小時，只爲見到神的面容。到了夜晚，當神回來時，白牙會離開早已在雪地上挖掘好的溫暖睡窩，以便迎接那友善的拍撫與問候的話語。肉——甚至就在眼前的肉——牠都可以放棄，就爲了和神在一起，接受他的撫弄或者陪他到鎮上去。

喜歡已經被愛所取代。愛就像鉛錘般下探到喜歡從未觸及的心底，而牠的心靈深處也以一種新的元素予以回應——愛。白牙是感恩圖報的。這的確是一個神，一個有愛的神，溫暖而耀眼的神，白牙的天性在這光輝的照射下，就像豔陽底下的花朵般綻放。

但是白牙並不會表露感情。牠的年紀太大，早已被揑塑定型，因此不擅於用新的方式表達自己。牠太過矜持，死守在自己的孤立當中。牠的沉默、冷淡和陰鬱性格已經養成太久。牠在一生中從未吠叫，所以現在也無法學會在主人靠近時發出歡迎的吠叫。牠從來不會擋在路上，也不會爲了表達愛而做出誇張、滑稽的行爲。牠不會上前迎接牠的神，只會在遠方等候；不過牠一定會等候，而且總是在那裡等候。牠的愛帶著崇拜的性質，沉靜、內斂、而又默默地愛慕。只能藉由凝視的眼神，以及目不轉睛地跟隨神的一舉一動來表達牠的愛。此外，有時候他的神看著牠、對牠說話，白牙卻無法展現自己的愛意，也無法經由肢體適切表達，因此感到尷尬萬分。

牠在許多方面學著調整自己，以便適應新的生活方式。牠深刻瞭解到不要去招惹主人的那些狗，但是掩蓋不了自己統治的本性，於是牠先好好修理牠們一頓，讓牠們知道自己的優勢與領導地位。自此之後，牠就很少找牠們麻煩。當牠來來去去、走在狗群之間時，這些狗便會自動讓路；當牠主張自己的意願時，牠們便會乖乖遵守。

同樣地，牠變得可以容忍麥特——他也是主人的一項擁有物。主人很少來餵食，都是麥特在餵食，這是他的工作；但是白牙區分得出自己吃的是主人的食物，而麥特則是受到主人的委託。麥特想要爲牠套上輓具，讓牠和其他的狗一起拖曳雪橇，都沒有成功。直到威登·史考特把輓具套在白牙身上讓牠工作，牠這才明白。麥特駕馭牠、要牠工作，就像是駕馭主人其他的狗、要牠們工作一樣，這都是出於主人的意思。

不同於馬更歇的平底雪橇，克朗代克的雪橇下面有滑槽。此外駕馭狗的方式也不同。這裡沒有扇形的編隊，而是一隻接著一隻排成縱隊，拖著兩條轠繩在工作。而且在克朗代克這裡，領頭狗就是實際的領袖，是由最聰明、最強壯的狗擔任，整個隊伍都會服從牠，而且怕牠。白牙無可避免地很快就取得這個位置，牠絕不甘心屈居後方。麥特經歷不少困擾與麻煩之後，終於瞭解這一點。白牙自己選擇了這個位置，經過幾番實際測試後，麥特對牠的判斷也大表讚許。雖然白天要拖曳雪橇，不過白牙依舊沒有放棄夜間守護主人財產的工作。於是牠日夜工作，隨時保持警戒與忠誠，是所有的狗中最有用的一隻。

「讓我一吐為快。」麥特有一天說：「容我說句話，您用那個價格買下這隻狗，眞不愧是個聰明人。尤其是在帥哥史密斯面前揮舞拳頭這一招，眞是把他唬得徹底。」

聽到那個名字，威登・史考特的灰色眼睛再度顯露出怒意，同時兇狠嘀咕道：「那個畜牲！」

晚春的時候，白牙碰上大麻煩。親愛的主人在毫無預警下突然消失了。其實是有預兆，但是白牙對於這些事並不熟悉，也不瞭解打包行李的用意。事後牠回想起主人打包行李之後就消失了；但是當時牠並沒有察覺到任何異狀。那天晚上，牠一直等待主人回來。午夜時分，寒風吹得牠躲到小屋後面尋找遮蔽。在那裡，牠半夢半醒地打著瞌睡，豎直耳朵等待那熟悉的腳步聲。然而到了凌晨兩點，牠按耐不住心中的焦慮，跑到寒冷的門廊前蹲伏著，繼續等待。

不過主人沒有回來。到了早上，麥特開門走出屋外，白牙深切期盼地看著他。他們之間沒有共同的語言可以讓白牙明白牠想要知道的事情。日子一天天過去，依舊沒有主人的蹤影。從來不知生病為何物的白牙病倒了。牠病得相當嚴重，最後麥特不得不把牠帶進小屋裡，同時在寫給雇主的信中附帶提到白牙的狀況。

威登·史考特在極圈市讀信的時候，看到這麼一段：

「那該死的狼不工作，不吃東西，一點精神也沒有，所有的狗都在欺負牠。牠想知道您到底怎麼了，而我又不知道如何告訴牠。也許牠快死了。」

就如麥特所說的，白牙停止進食，喪失信心，任憑所有的雪橇狗來攻擊牠。牠躺在小屋裡靠近火爐的地板上，對食物、對麥特、甚至對生命都提不起興趣。不管麥特對牠輕聲細語或破口大罵，結果都是一樣；白牙頂多將遲滯的雙眼轉向那個男人，隨後又將頭趴回前腳上的老位置。

接著，有一天晚上，麥特唸唸有詞地正在閱讀，卻被白牙的一聲低鳴哀嚎嚇一跳。他站起來，耳朵朝著門的方向仔細聆聽。過了一會兒，麥特聽到腳步聲。門打開後，威登・史考特走進屋內。兩個人握了握手，然後史考特環視房間。

「那隻狼呢？」他問。

接著他就發現白牙，起身站在靠近火爐的地方。牠不像其他的狗那般一擁而上，只是站在那裡觀望、等待。

「天啊！」麥特喊說：「瞧牠竟然在搖尾巴！」

威登・史考特大步跨過房間走向牠，同時對牠呼喚。白牙雖然不是一躍而上，卻也迅速迎向前去。牠覺得很難爲情，但是雙方靠近的時候卻顯現出奇異的眼神。一種無法言喻的巨大情感在牠雙眼中湧昇，就像一道明亮的光采向前投射出去。

「您不在的這段時間，牠來沒有像這樣子看過我！」麥特說。

威登・史考特沒有聽到麥特在說什麼。他蹲在地上，與白牙面對面撫弄著牠——搔牠的耳根，從後頸慢慢撫摸到肩背，用指尖輕拍牠的脊椎。白牙不斷發出回應的低吼，吼聲中的輕哼比起以往更爲明顯。

但是不只如此而已。牠的喜悅，始終在內心翻攪、掙扎著要表達出來的強烈愛意，正在試圖找到新的表達方式。牠突然把頭伸向前去，在主人的手臂與身體之間輕輕推擠。現在除了露出的耳朵，整個腦袋都埋在主人身上，牠停止低吼，繼續不斷推擠、磨蹭。

兩個人互相注視著對方。史考特的兩眼發亮。

「我的老天！」麥特發出敬畏的讚嘆。

他過了一會兒回過神來，說道：「我向來堅稱這隻狼是一隻狗。看看牠！」

親愛的主人回來後，白牙迅速地復原。牠在小屋裡待了一天兩夜，然後走出門外。雪橇狗早已忘記牠的威猛，只記得牠最近變得虛弱病懨的模樣。當牠們一看到白牙走出小屋，便立刻撲上前去。

「讓牠們瞧瞧你的厲害，」麥特站在門邊觀看，快活地咕噥著：「修理牠們，你這隻狼！修理牠們！……就是這樣！」

白牙用不著別人慫恿，親愛的主人回來就足夠了。絢爛而又無所畏懼的生命活力流貫全身，牠純粹爲了喜悅而戰，並且發現唯有透過打鬥才能將心中無法言喻的豐富情感宣洩出來。結局只有一個，就是所有的狗都被打得倉皇逃竄，直到天黑後才一隻隻溜回來，溫順謙卑地向白牙表示服從。

學會依偎在主人懷裡後，白牙便時常這麼做。這是決定性的表示，牠不可能做得比這更多。牠總是特別留意著自己的頭，不喜歡被別人觸碰。這是因爲身上的野性——對於傷害與陷阱的懼怕——所引起的恐慌促使牠避免觸碰。牠的本能要求自己的頭必須不受拘束。如今，牠埋首在親愛主人的身上磨蹭，是幾經考慮後將自己置身於任人擺佈的狀態。這是表示完全的信賴和徹底的歸順，就像是說：「我把自己交到你的手中，任憑你支配。」

回來不久之後的一個晚上，史考特和麥特在睡前玩著紙牌。「十五……二，十五……四，一對加起來是六。」麥特在記分，這時後從外面傳來叫喊和咆哮的聲音。他們互望一眼，然後站了起來。

「那隻狼咬住某人了。」麥特說。

一聲驚恐而痛苦的尖叫催促他們趕快行動。

「把燈帶著！」史考特高呼一聲衝出屋外。

麥特拿著油燈跟在後面，他們在燈光下看到一名男子仰臥在雪地上。這個人交疊著彎曲的手臂，遮住自己的臉和喉嚨，試圖躲避白牙的利齒。的確是有這必要，因爲白牙怒氣衝天，猛烈攻擊這些最脆弱的位置。那個人從肩膀到手腕的外套袖子、藍色棉衫和內衣都被撕成碎布，兩隻手臂嚴重受傷，鮮血直流。

兩個人第一瞬間看到的是這幅景象。威登·史考特馬上抓住白牙的脖子往後拖開。白牙不斷掙扎、咆哮，但是在主人的嚴厲喝止下，便不再企圖上前咬人，並且很快就安靜下來。

麥特扶起那名男子。當牠站了起來，放下交疊的手臂後，露出帥哥史密斯醜陋的臉孔。趕狗人就像抓到熾熱火炭般，立刻鬆開自己的手。帥哥史密斯在燈光照射下眨著眼睛，環顧四周。他看到白牙，臉上湧現懼怕的表情。

這個時候，麥特注意到有兩件東西被扔在雪地上。他拿著油燈走過去，用腳尖指給他的主人看——一條鐵狗鏈和一支短棍。

威登．史考特看了之後點點頭。他一語不發。趕狗人把手放在帥哥史密斯的肩膀，把臉湊近過去。什麼話都不必說，帥哥史密斯已經嚇得魂飛魄散。

這個時候，親愛的主人拍撫著白牙對牠說話。

「他想把你偷走，嗯？而且你不願意！對啊，這傢伙犯了大錯，不是嗎？」

「一定是吃了熊心豹子膽。」趕狗人竊笑。

依舊情緒激動、咆哮不斷的白牙，豎直的毛髮漸漸平緩，輕哼的聲音聽起來模糊而微弱，逐漸潛入了喉嚨之中。

第五部　馴化

第一章　遠行

即使還沒有明確的跡象，白牙已經從周遭的氣氛中意識到即將發生的災難。牠朦朧地感受到有種變化正在逼近。牠不知道是什麼變化，也不知道原因爲何，總之牠從神的身上感覺到大事即將來臨。他們在渾然不知的情況下，將意圖洩露給經常在門前逗留的半狼半狗，所以白牙雖然沒有進入小屋，卻也知道他們腦子裡在打些什麼主意。

「仔細聽！」有天晚上用餐時，趕狗人大聲說。

威登・史考特傾耳細聽。門後傳來一聲焦慮的低沉哀鳴，就像在氣息中伴隨著依稀可辨的啜泣。接著就是一陣長長的嗅聞聲，好像白牙在確認牠的神是否依舊待在屋內，並沒有獨自神祕地消失無蹤。

「我相信那匹狼察覺了您的心思。」趕狗人說。

威登・史考特帶著幾近懇求的眼神望向他的同伴，嘴裡提出了另一個問題。

「我帶著一匹狼到加州要如何是好？」他詢問。

「所以我說嘛，」麥特回答：「您帶著一匹狼到加州要如何是好？」

但是這個回答並沒有讓威登・史考特感到滿意。對方只是以不表態的方式評論這件事。

「白人的狗根本不能與牠碰面，」史考特繼續說：「牠只要一碰到就會要了牠們的命。就算沒有讓我賠到破產，有關當局也會把牠帶走處死。」

「我知道，牠是個徹頭徹尾的兇手。」趕狗人如此評論。

威登・史考特疑惑地看著他。

「絕對行不通。」他十分果決地說。

「絕對行不通！」麥特附和。「你用不著特別雇用一個人去照顧牠。」

史考特消除了疑慮，高興得點點頭。接著在一片靜默中，門口再度傳來近似啜泣的低聲嗚咽，以及長長的嗅聞聲。

「毫無疑問，牠非常在乎您。」麥特說。

對方突然怒氣衝衝地瞪著他。「該死！我知道自己的心意及怎麼做最好！」

「我同意，只是⋯」

「只是什麼？」史考特厲聲說。

「只是⋯」趕狗人改變了原本柔和的口氣，生氣地說：「好啦，您不用為這事冒這麼大的火。從您的表現來看，任誰都會覺得您拿不定主意。」

威登．史考特深深思量了一會兒，然後語氣和緩多了：「你說得對，麥特。我的確拿不定主意，這正是令我煩惱的地方。」

「哎，要是我帶著那隻狗一道走，可就荒謬至極了。」他停頓片刻，又冒出這麼一句。

「我同意您。」麥特回答，他的雇主又再次對他感覺不甚滿意。

「但是看在老天的份上，牠究竟是怎麼知道您要離開的，這一點我想不透。」趕狗人一臉無辜地說。

「我也想不透，麥特。」史特特回他的話，同時憂傷地搖了搖頭。

然後這天終於到來，白牙從敞開的小屋門口看到那要命的手提箱放在地板上，親愛的主人正往裡面打包東西。同時，人們不斷進進出出，以往小屋平靜的氣氛已經被莫名的紛擾與騷動給打亂。這是無庸置疑的跡證。白牙早就有所察覺，現在證明自己沒錯。牠的神正準備另一趟旅行，既然先前沒有帶牠一塊走，那麼這次大概也會把牠留下。

那天晚上，牠發出長長的狼嗥。就像幼年時，從荒野溜回村落卻發現灰鬍子消失得無影無蹤，原本灰鬍子的帳篷所在只剩堆垃圾時那樣，牠發出了淒厲的長嗥；現在，牠把鼻尖指向冰冷的繁星，訴說著心中的悲傷。

小屋裡，兩個人才剛上床睡覺。

「牠又不肯吃東西了。」麥特躺在床舖上說。

威登・史考特的床舖傳來一聲咕噥，毛毯翻動了一下。

「從您上次離開時牠傷心成那副模樣看來，恐怕這次牠會死掉。」

另一張床舖上的毛毯翻動得更厲害。

「噢，閉嘴！」史考特在黑暗中大喊：「你比女人還要嘮叨。」

「我同意。」趕狗人回嘴，而威登・史考特並不十分確定對方是否在竊笑。

第二天，白牙的焦慮和不安變得更爲明顯。主人一旦離開小屋，牠必定緊跟在後，要是主人待在屋內，牠就守在台階前面。透過敞開的門口，牠瞥見放在地板上的行李，除了手提箱外，還有兩個大帆布袋和一只箱子。麥特正把主人的毛毯與軟皮睡袍捲進一張小防水布裡，白牙看著他的動作，同時嗚咽不止。

之後，兩個印第安人來到小屋。白牙目不轉睛看著他們扛起行李，由提了寢具和手提箱的麥特帶領走下山坡。白牙並沒有跟著他們，因爲主人還在小屋裡面。過了一會兒，麥特走回來。主人來到門邊叫白牙進去。

「你這可憐的傢伙。」他搔了搔白牙的耳朵，拍拍牠的背脊，輕聲說道：「我要到很遠的地方，不能讓你跟著。現在給我一聲輕吼──最後一聲道別的輕吼。」

不過白牙不願意發出聲音，反倒是在憂愁地仔細看了一眼後，牠向前依偎過去，把整個頭埋進主人的手臂與身體之間。

「汽笛響了！」麥特高喊。育空河岸傳來汽船粗啞的嗚笛聲。「您要加快動作了。記得把前門鎖好，我從後門出去。快走吧！」

兩扇門同時碰的關上，史考特等著麥特繞到前面。門後面傳來低聲的嗚咽與啜泣，接著是深長的嗅聞聲。

「你一定要好好照顧牠，麥特。」走下山時，史考特交待說：「寫信告訴我牠的情況。」

「當然，」趕狗人回答說：「但是，您聽！」

兩個人都停下腳步。白牙就像死了主人的狗一樣哀嚎，聲音裡表達的盡是傷痛。先是爆出令人心碎的狂吼，再以悲慘的顫音逐漸消失，一次又一次地不斷哀嚎。

極光號是當年第一艘開往外地的汽船，甲板上擠滿了致富的冒險家和失敗的淘金客，全都急著離開這裡，就像當初狂熱趕來此地一般。在梯板附近，史考特和準備回到岸上的麥特握手。但是麥特的手突然癱軟在史考特的掌中，他的眼睛凝視著對方身後的某個東西。史考特轉身去看。白牙坐在幾呎外的甲板上，渴望地看著他。

趕狗人帶著敬畏之心輕聲咒罵。史考特只能目瞪口呆。

「您有鎖上前門嗎？」麥特質問。對方點點頭，然後反問：「那後門呢？」

「不用您說，當然有。」他語氣強烈。

白牙壓低耳朵示好，但是依舊留在原地，沒有走近的意思。

「我得把牠帶上岸。」

麥特朝白牙走近幾步，但是被牠溜走了。麥特追跑上去，白牙就在一群人的腳下閃躲。一會兒蹲低，一會兒側轉，又是急停折返，牠在甲板上到處亂竄，躲避麥特的追捕。

但是當親愛的主人一開口，白牙就乖乖地到他身邊。

「餵了牠好幾個月，偏偏就不來我這兒。」趕狗人忿忿不平嘀咕著：「而您……您只有最初幾天餵牠混熟了。真不曉得牠是怎麼知道您是老闆。」

正在拍撫白牙的史考特突然彎下腰，指出鼻頭的幾道新割傷，還有兩眼之間的傷口。

麥特彎腰用手摸著白牙的腹部。

「我們忘了窗子。牠的腹部全是傷痕，一定是破窗而出，老天！」

不過史考特沒有聽到對方說什麼。他迅速思索著。極光號的汽笛響起最後一聲啟航的通知。送行的人們匆忙走下梯板回到岸上。麥特解下自己的領巾，準備套住白牙的脖子。史考特抓住趕狗人的手。

「再見了，麥特，我的老友。至於這匹狼……你不用寫信了。你知道的，我已經決定……！」

「什麼！」趕狗人驚呼：「您該不會是說……？」

「我就是這個意思，你的領巾拿回去，我會寫信告訴你牠的情況。」

麥特在梯板上停下腳步。

「牠會受不了那裡的氣候！」他回頭大聲說：「除非您在天氣熱的時候把牠的毛剪短！」

梯板收起，極光號離開河岸。威登．史考特揮手道別，然後轉過去俯身看著站在身旁的白牙。

「現在吼吧，這傢伙，吼吧。」他拍著那敏感的頭，搔弄平貼的耳朵。

第二章 南方

白牙走下汽船在舊金山登岸。牠嚇壞了。不必經過任何思考或者意識行為，牠的內心深處早已將力量與神性連結在一起。當牠走在舊金山溼滑的人行道上，才發現白人是多麼不可思議的神。牠所熟悉的圓木小屋已經被高聳的建築所取代。街道上擠滿各種危險的東西：四輪馬車、兩輪馬車、還有汽車；強壯的馬匹奮力拖著大貨車；巨大的纜車與電車轟隆地穿梭其間，猶如北方樹林裡的山貓一般發出尖銳怒吼。

這些全是力量的展現。就像以往一樣，人類透過這一切在後面掌管、控制，彰顯出他們對事物的完全支配。這是如此可觀，令人讚嘆。白牙深感敬畏，恐懼襲上心頭。當牠幼年時第一次從荒野來到灰鬍子的營地，讓牠感覺到自己的渺小與微不足道，現在牠已經完全長大，並且以自己的力量為傲，卻又再次受到同樣的衝擊。還有，這裡有好多神，牠被蜂擁的人群搞得頭暈目眩。街道上的巨響震耳欲聾，數不清的東西在眼前飛馳呼嘯，讓牠迷惑不已。牠感到對於親愛主人前所未有的依賴，緊緊跟在主人旁邊，不管發生什麼事都無法讓牠離開視線。

但是白牙不必再忍受如同夢魘般的城市景象，這就像經歷一場虛幻又可怕的惡夢，久久之後仍舊縈繞在牠的夢境裡。牠被主人放進一輛行李車，鎖在成堆箱子與手提箱中的一個角落。這裡由一位矮胖的神管理一切，不斷丟擲著皮箱行李，製造出許多噪音。有時候他把行李拖進車門裡面，將它們扔在成堆的皮箱上，有時又乒乒作響地把它們拋出車門外面，丟給其他等待的神。

白牙被主人遺棄在這個堆滿行李的地獄中。至少，牠認為自己是被遺棄，直到牠聞到裝了主人衣物的帆布袋就在旁邊，於是繼續守護著它們。

「你也該來了。」一個小時後，當威登．史考特出現在門邊，車上的神吼著：「你的狗根本不讓我碰你的行李。」

白牙從車箱探出頭來，感到驚訝萬分。夢魘似的城市已經消失。車箱對牠來說就像屋子裡的一個房間，一旦進入房間，城市就包圍在四周。經過這段時間後，城市的景象不見了，街道的喧囂也不再襲向耳朵。在牠眼前是明媚的鄉村景色，煦煦陽光灑落鄉間，散發著慵懶寧靜的氣息。但是牠沒有花太多時間對此轉變發出讚嘆，就像神無數的作爲與表現，牠都坦然接受。這就是神的行事作風。

有一輛馬車在那兒等著。一名男子和一名婦女走向主人身邊。婦女張開雙臂環抱主人的脖子——這是敵意的動作！下一瞬間，威登・史考特掙脫擁抱，靠近早已怒氣衝天、咆哮不止的白牙。

「沒關係，媽。」史考特緊抓著白牙安撫牠，同時尷尬地說：「牠以爲妳要傷害我，這是牠不允許的。沒事，沒事，牠很快就會瞭解。」

「那麼在這段時間，我只能趁著你的狗不在時才能疼愛我的兒子了。」婦女笑著說，不過卻已被嚇得臉色蒼白、四肢無力。

她看著白牙，而牠依舊豎著毛咆哮，對她怒目注視。

「牠必須瞭解，而且會馬上瞭解。」史考特說。

他對白牙輕聲細語，直到白牙的情緒平息下來，然後語調變得堅決。

「喂，趴下！快趴下！」

辦。

這是主人教過的事情之一，雖然心不甘情不願地蹲伏下去，白牙還是服從照

「好了，媽。」

史考特張開雙臂迎向她，但是眼睛盯著白牙。

「趴下！」他警告：「趴下！」

悄悄地聳著毛，起身一半的白牙又趴了下去，眼睜睜著敵意的動作重複上演。但是這動作並沒有帶來傷害，接著另一名男子的擁抱也是一樣。主人的衣袋被送進馬車，陌生的神與親愛的主人也隨後上車。白牙跟著馬車，一會兒保持警覺地跑在後面，一會兒又衝到奔馳的馬匹旁邊，警告著自己就在旁邊監視，不容許牠們拉著馬車疾速越過田野時爲牠的神帶來傷害。

十五分鐘之後，馬車搖搖晃晃穿越一座石門以及兩排相互交錯、綠蔭遮天的胡桃樹。廣闊的草坪向兩旁延伸，處處聳立著粗壯結實的橡樹。在不遠的地方，陽光曝曬下的乾草地呈現耀眼的金黃色，與悉心照料的草坪綠茵形成對比。再往後方是黃褐的山丘與高地牧場。在草坪的前端，從山谷升起的第一道緩坡上，座

落著一幢有深邃門廊與許多窗子的房屋。

白牙沒有多少機會好好觀察這一切。因爲當馬車剛進門，就有一隻眼神明亮、臉頰瘦長、正氣凜然而又怒氣衝衝的牧羊犬，跑到牠與主人之間擋住去路。白牙沒有咆哮示警，卻豎起了毛髮，一聲不響地發動致命的撲擊。但是這次攻擊並沒有完成。牠突然尷尬地停下腳步，撐直前腳煞住自己的衝力，幾乎一屁股坐到地上，就是要竭力避免接觸到正要攻擊的那隻狗。對方是隻母狗，狼族的法則在牠面前劃下一道障礙。若要攻擊對方，就得違背自己的本能。

但是對牧羊犬來說就完全是另一回事了。身爲一隻母狗，她不具有這種本能。另一方面，既然身爲牧羊犬，她的本能是懼怕野生動物，尤其對狼特別激烈。在她看來白牙是一匹狼，是從她的某個祖先開始守護羊群以來，歷經世代不斷攫取羊隻的掠奪者。正因爲如此，當白牙放棄攻擊，停下腳步避免接觸時，牧羊犬卻朝牠猛撲過去。白牙感覺到她的牙齒咬進肩膀，不由自主地吼了出來，除此之外並沒有企圖傷害對方。牠向後退開，很不自然地繃緊四肢，想要繞過母狗。牠左閃右躲、迂迴轉向，一直達不到目的。母狗始終擋在牠想要前往的路徑上。

「過來，可麗！」馬車上的陌生男子呼叫著。

威登．史考特笑了出來。

「爸，沒關係。這是個很好的訓練。白牙還有很多事情要學，就從現在開始也無妨。牠可以適應得很好。」

馬車繼續前進，同時可麗依舊擋著白牙的去路。牠離開馬路繞到草坪上，試著要超越過去，但是可麗跑在比較小的內圈，隨時都擋在面前，對牠露出兩排閃亮的牙齒。白牙繞回來，跨過馬路到另一側的草坪，可麗還是擋住去路。

馬車載著主人離去，白牙瞥見它消失在樹林裡。現在情況非常危急，白牙再度嘗試繞大圈，可麗也跟著迅速移動。接著，白牙突然轉身朝她撲去。這是白牙打鬥的老把戲，牠從可麗側面肩對肩地撞下去。可麗不僅被撞倒，因爲跑得速度太快而在地上翻滾不止。她拼命用腳抓著碎石想要停下，同時發出尖聲吼叫，宣洩受損的自尊與忿怒。

白牙沒有耽擱。障礙已經清除，完全符合自己的期望。可麗在後面追趕，一路不停吠叫。眼前是筆直的道路，講到奔跑，白牙可以給對手一個良好示範。可麗歐斯底里拼命狂奔，每一步都顯示出牠使盡全力；在此同時，白牙不聲不響地愈離愈遠，毫不吃力，像鬼魅一般在地上滑行。

白牙繞過房屋來到門廊，碰巧遇到馬車。車已停住，主人正要下來。就在此時，仍在全速奔跑的白牙突然察覺到來自側面的攻擊。一隻獵鹿犬向牠急衝而來。白牙試圖正面迎戰，但是牠跑得太快，而獵犬又太過靠近。獵犬從側面撞上來，由於向前的衝力和料想不到的撞擊，白牙被拋向地面翻滾過去。牠從混亂中站了起來，滿臉猙獰、耳朵壓平、齜牙咧嘴、皺起鼻頭，兩排牙齒猛力一合，差點咬中獵犬柔軟的喉嚨。

主人趕緊跑過來，但是他的距離太遠；還好可麗救了獵犬的命。搶在白牙正要跳向對方，給予致命一擊之前，可麗即時趕到。她剛被白牙以巧取勝，跑也跑不贏牠，更不用說被無禮撞翻在碎石地上，她就像颶風般狂襲而來，被冒犯的尊嚴、滿腔的怒火、以及對這個荒野掠奪者出自於本能的憎恨所形成的一股颶風。白牙跳在半空中時被可麗從側面撞擊，牠再次被撞倒在地，翻了個滾。

主人即時趕到，一手抓住白牙，牠的父親把兩隻狗叫過去。

「哎呀，對一個來自北極孤零零的可憐傢伙，這可眞是熱情的接待。」主人說道，白牙在他的撫慰下逐漸平靜。「在牠生命中只有倒下過一次，現在短短半分鐘內就翻滾了兩次。」

馬車已經離開，屋子裡出來其他陌生的神。有些恭敬的站在遠處，但是兩名女子卻做出環抱主人脖子的敵意舉動。白牙開始容忍這樣的行爲，它似乎沒有造成傷害，而且神發出的聲音不帶任何威脅。這些神也向白牙示好，但是牠用咆哮警告她們走開，主人也用話語表達相同的意思。凡是遇到這種情況，白牙就緊緊依偎著主人的腿，接受他輕拍腦袋的安撫。

「迪克，躺下！」獵犬在一聲命令下，已經走上台階側躺在門廊下，仍舊咆哮和怒視著入侵者。可麗由一名女神負責照顧，被她用雙臂摟著脖子，安撫著情緒。但是可麗顯得非常困惑憂慮，焦躁地發出嗚咽，爲了神允許這匹狼進來感到生氣，確信他們犯了錯。

所有的神開始步上台階準備進入屋內，白牙緊跟在主人身後。迪克在門廊對牠大吼，走上台階的白牙也豎著毛咆哮回去。

「把可麗帶進屋裡，留牠們倆在外面打個過癮，」史考特的父親建議：「牠們之後就會成爲朋友。」

「那麼，白牙爲了顯示自己的友好，將成爲葬禮上站在最前面的哀悼者。」主人笑著說。

老史考特懷疑地看看白牙，再看看迪克，最後看著他的兒子。

「你是說…？」

威登點點頭。「就是這個意思。迪克在一分鐘內必死無疑——頂多兩分鐘吧。」

他轉向白牙。「來吧，你這匹狼，你必須進到屋裡。」

白牙繃緊四肢走上台階，穿過門廊，尾巴豎得高高的，眼睛一直盯著迪克預防偷襲，同時準備應付任何兇猛的未知從屋內向牠撲來。但是房子裡沒有衝出可怕的東西；當牠進入屋內時仔細環視一番，並沒有發現什麼。然後牠躺在主人腳邊，心滿意足地發出呼嚕聲，但同時也觀察四周的動靜，隨時準備跳起來爲生存而戰，跟牠認爲必定潛伏在屋子裡的恐怖東西搏鬥到底。

第三章　神的領地

白牙不僅天生適應力強，而且閱歷豐富，深知自我調整的意義和必要性。在謝拉維斯塔——史考特法官領地的名稱——白牙很快就讓自己調適過來。牠和那兩隻狗沒有再發生嚴重衝突。牠們比牠更瞭解南方神明的作風；在牠們眼裡，當白牙隨著神明們進入屋內，就表示牠已經取得資格。牠是一匹狼，但是神明史無前例認可牠的出現，牠們身爲神明的狗，也只能默默接受這項認可。

當然，迪克一開始有些不甘願，隨後也坦然接受白牙是屬於這座宅邸的一份子。若是依照迪克的意思，牠們倆可能會成爲好朋友。但是白牙嫌棄友誼，牠只希望別的狗不要來打擾。在一生中，牠都遠離自己的同類，現在依舊渴望孤獨。迪克的示好讓牠覺得困擾，於是用咆哮趕走對方。在北方的時候，白牙已經學到不要招惹主人的狗，現在仍舊謹記在心。不過牠堅持離群索居，保持孑然一身，所以牠完全不理會迪克，終究讓這好脾氣的狗放棄，對牠的興趣還沒有對馬廄附近的栓馬柱來得高。

可麗的情形就不同了。她在神的命令下才接受白牙，卻沒有理由讓對方過得清閒。牠和牠的祖先對自己世族所犯下的罪過早已根植在記憶裡。劫掠羊舍的暴行絕非一朝一夕可以遺忘，這對她猶如芒刺在背，不時挑起復仇的意念。她不能悍然抗拒那些認可白牙的神，但是也阻止不了她用一些小伎倆折磨對方。牠們之間存在著年代久遠的世仇，而她將喚起對方在這方面的記憶。

所以可麗仗著自己的性別緊盯對方並且粗暴對待。白牙的本性不允許自己攻擊她，但是可麗的一再挑釁卻又不容許牠不予理會。每當對方衝了過來，牠就將長毛覆蓋的肩膀轉過去抵擋對方的利牙，然後繃緊四肢、故作鎮定地走開。若是對方進逼太甚，牠被迫繞著圈子，肩膀朝向對方，把頭撇向另一邊，臉部和眼神充滿無奈與厭煩的表情。有時候牠的後腿被咬了一口，也只能加快腳步、落荒而逃。不過一般而言，牠會儘量維持一種幾近威嚴的氣度，盡其所能忽視對方的存在，而且打定主意要遠離對方。當牠看到或聽到對方靠近，自己就會起身走開。

白牙要學的事情還有很多。北方的生活很單純，相較之下，謝拉維斯塔的情形更爲複雜。首先，牠必須要認識主人的家人。關於這一點，牠還算有些準備。就像米沙和克魯庫姬從屬於灰鬍子，與牠分享食物、營火與毛毯。因此，在謝拉維斯塔，所有住在屋子裡的人都從屬於親愛的主人。

但是這之間還是有差別，而且差別還不少。謝拉維斯塔要比灰鬍子的帳篷大了許多，需要考慮到的人也很多。這裡有史考特法官和他的妻子，還有主人的兩個姊妹——貝絲與瑪莉，以及他的妻子——愛麗絲，和他的兩個孩子——剛會走路的四歲小威登，以及六歲的莫蒂。誰都沒有辦法告訴牠這些人的事，對於血緣關係牠一無所知、也無從得知。但是牠很快弄清楚他們全都從屬於主人。接著，牠一有機會便仔細觀察，研究人們的行爲、言語和說話的聲調，瞭解他們與主人的親疏關係以及受到喜愛的程度。白牙依據這套確認標準，對他們加以分別看待。主人視爲珍貴的，牠便視爲珍貴；主人所疼愛的，白牙便會疼愛並且小心保護。

例如說那兩個孩子。白牙從來就不喜歡小孩，牠憎恨並且懼怕他們的手。在印第安人村落的日子，牠領教過它們的粗暴和殘忍，這些教訓可不怎麼友善。當小威登和莫蒂第一次走近時，牠發出警告的叫聲並且面露兇狠。主人的一記巴掌和尖聲斥責，迫使牠接受他們的撫摸，只是在他們的小手之下不斷發出低吼，而且在這低吼中完全不帶輕哼的聲調。後來牠注意到，小男孩和小女孩是主人視爲極其珍貴的。自此之後，不需要掌摑和斥責，白牙就任由他們拍撫。

然而，白牙從未流露出深情。牠帶著不悅卻坦然的態度屈從於主人的小孩，就像忍受一個惱人的工作般承受他們的捉弄。當牠再也無法忍受時，便會斷然地起身大步走開。但是經過一段時日後，牠竟然開始喜歡這兩個孩子。牠依舊不會表露情感，不會主動走向他們。不同的是牠看到孩子們時不再立刻走開，反倒靜靜等待他們過來。再過一段時間，當牠看見孩子們走近時，在牠眼中甚至浮現愉悅的神情，而當他們離開尋找別的樂子時，則會婉惜地目送他們離去。

這是逐漸進展的過程，而且花費了一番功夫。在兩個孩子之後，牠接著關心的是史考特法官。也許這有兩個原因。首先，他顯然是主人相當珍貴的擁有物；其次，他是個感情內斂的人。當法官在寬敞的門廊上閱讀報紙時，白牙喜歡躺在他的腳邊，不時接受一聲招呼或關愛的一瞥——很自然地表示他認可白牙的存在。不過這只是主人不在附近的時候。只要主人出現，其他的事情都無關重要。

白牙允許所有的家族成員來拍撫和善待牠；但是牠從沒有像對主人一般對他們付出。他們的撫摸也不曾讓牠發出喉頭的低哼，就算他們再怎麼嘗試，也沒有辦法誘使牠依偎在自己身上。這種全然屈服與絕對信任的動作僅保留給主人。事實上，所有家族成員在牠眼裡就只是親愛主人的擁有物。

此外，白牙很早就分辨出家人與僕人的差別。僕人們都怕牠，而牠也僅是克制自己不要去攻擊他們，因爲牠認爲僕人也是主人的擁有物。白牙和他們之間維持著一種中立的關係，僅此而已。他們爲主人做飯、清洗碗盤和執行各種其他差事，就像麥特在克朗代克所做的一樣。簡單來說，他們是這個家庭的附屬品。

除了家庭成員外，白牙要認識的事情還更多。主人的領地遼闊而又複雜，不過畢竟有其邊界。

領土本身到郡道爲止，外面是眾神的公用領域——馬路和街道。至於別的圍籬裡面是其他神各自擁有的領地。各式各樣的規則決定了這些事物，並且約束著行爲；但是牠不懂神的話語，沒有任何方式可以得知這些規則，只能從經驗中學習。牠遵循本能的念頭，直到抵觸了某個規則。經過幾次之後，牠便學習到這個規則並且加以遵守。

然而在白牙的學習過程中，最有影響力的是主人動手掌摑和高聲斥責。基於牠對主人的鍾愛，相較灰鬍子或帥哥史密斯對牠的毆打，主人的一巴掌讓牠受傷更深。以往他們只能傷到牠的皮肉；皮肉下的心靈依舊是暴怒、狂妄、不願屈服。但是主人的掌摑根本傷不了皮肉，卻傷得更深。這表達出主人的不滿，而白牙的心靈會隨之頹喪。

事實上，主人很少動手掌摑，只要發出聲音就夠了。白牙從主人的語氣就知道自己做對或做錯，由此修正自己的舉止，調整自己的行爲。主人的聲音是白牙的羅盤，指引牠描繪出在這新土地、新生活中應該遵守的規矩。

在北方，只有狗是被馴養的動物。其他的動物都生活在荒野，只要不是太難以對付，都是狗被允許攻擊的對象。白牙一向獵食活的東西，牠根本沒有想過南方的情況完全不同。不過這一點，才剛來到聖塔克拉拉谷不久，牠便弄清楚了。

一天清早，牠在屋子附近閒逛，遇到一隻從雞舍溜出來的小雞。白牙本能的念頭是吃了牠。牠跳了幾步，利牙一閃，接著在驚駭的叫聲中把這探險的鳥禽給吞下肚。這是飼養的雞隻，人工培育下長得又肥又嫩，白牙舔了舔嘴唇，覺得這一餐真是鮮美。

當天稍晚，牠在馬廄附近撞見另一隻迷路的雞。一名馬伕趕過來搭救，牠不知道白牙的血統，只有帶一根輕便的馬鞭當武器。鞭子才抽打下去，白牙立刻丟下小雞對付馬伕。棍棒或許可以阻止白牙，但是鞭子可就沒輒了。在向前猛衝時，牠毫不畏懼地默默承受第二下抽打，然後直撲對方的喉嚨。馬伕不禁大叫：「我的天啊！」同時踉蹌後退。他拋下馬鞭，用兩隻手遮住喉嚨，結果前臂被撕咬得皮開肉綻。

馬伕嚇壞了。白牙的無聲無息比殘暴兇猛更令他喪膽。他用血流如注的雙臂一直護著喉嚨和臉頰，試圖撤退到穀倉。若非可麗即時出現，他的處境可就不妙了。就像之前救了迪克一命，現在她趕來拯救馬伕的性命。她怒氣衝衝地撲向白牙。她想的沒錯，她比那些有欠考量的神更瞭解白牙。現在她的疑慮已經被證實，這個自古以來的掠奪者又在故技重施了。

馬伕逃回馬廄，同時白牙在可麗兇惡的利齒前步步退卻，或者不斷繞著圈子，用肩膀抵擋它們的攻擊。但是可麗一如往常不願善罷干休，即使之前被責罵後已經節制了一段時日。不過反而使她變得愈加激憤；直到最後，白牙只能拋下尊嚴，從她眼前逃之夭夭。

「牠必須知道別找雞的麻煩，」主人說：「但是除非我當場逮到，否則沒辦法給牠教訓。」

兩天之後又有動靜，然而這次的規模要比主人料想的更大。白牙已經仔細觀察過雞舍和雞的習性。有一天晚上，當雞隻回去棲息後，牠爬上一堆才剛運到的木材，從這裡攀上屋頂，越過橫樑後跳到屋內地面，不一會兒功夫，牠就進入雞舍，展開一場屠殺。

第二天早上，當主人走出門外來到前廊，眼前看到的是馬伕排放一列、五十隻蒼白的死雞。他輕輕地暗自吹著口哨，先是一陣驚訝，最後竟也帶著讚嘆。主人同時也看到白牙，但是對方臉上沒有一絲羞愧或罪惡的表情，反而相當引以自豪，好像自己做了一件值得嘉許的豐功偉業，完全沒有意識到自己的罪過。主人緊閉雙唇，準備面對這個不討好的工作。然後他對這個不自覺的罪犯破口大罵，聲調中充滿威嚴的憤怒。同時，他抓著白牙的鼻子去聞死雞，又結結實實地賞牠巴掌。

白牙再也沒有入侵雞舍。這是違反規則的行爲，牠已經學到了。接著，主人把牠帶進雞舍。當牠看到面前那些活蹦振翅的獵物時，本能的衝動霎時湧上心頭。牠動了念頭，卻被主人的聲音喝止。牠們待在雞舍裡半小時，白牙的衝動不時席捲全身，每次動了念頭就會被主人制止。就這樣，白牙知道這個規矩，在離開雞的領土前，牠已經學會忽視牠們的存在。

「你不可能治好一個獵雞高手。」午餐時，聽過兒子描述他給白牙的教訓後，史考特法官悲觀地搖搖頭。「牠們一旦養成習慣，嚐過鮮血的滋味……」他再次黯然搖頭。

但是威登・史考特不同意父親的看法。「告訴你我打算怎麼做，」最後他挑戰地說：「我要把白牙鎖在雞舍裡一整個下午。」

「可是你要考慮到那些雞啊！」法官反對。

「而且，」兒子繼續說：「牠每殺死一隻雞，我就付你一元金幣。」

「但是爸爸輸了也要罰。」貝絲插嘴。

瑪莉跟著附和，整桌的人都齊聲贊成。史考特法官點頭同意。

「好吧。」威登．史考特沉默片刻。「假如經過一個下午，白牙沒有傷害任何一隻雞，那麼牠待在雞舍的時間以十分鐘爲單位來計算，你就要像在法庭宣判般鄭重對牠說幾次：『白牙，你比我想像的還要聰明。』」

全家人都躲在好位置來觀看這場好戲，結果他們大失所望。白牙被主人留在雞舍裡鎖上門後，索性躺在地上睡了起來。有一次牠起身走到水槽喝水，對於雞隻完全不予理會，就像牠們根本不存在。到了四點鐘，牠縱身一躍，攀上雞舍的屋頂，然後跳到雞舍外的地面，煞有其事地朝屋子漫步走來。牠已經懂得規矩。來到門廊上，史考特法官在愉快的家人面前，緩慢而鄭重地說了十六次：「白牙，你比我想像的還要聰明。」

但是太多的規則把白牙搞得糊裡糊塗，有時候甚至讓牠出糗。牠必須知道不要去碰屬於其他神的雞，然後還有貓、兔子以及火雞；所有的這些動物都是牠不能招惹的。事實上，對這些規則還是一知半解的時候，牠以爲所有活的東西都不能碰。因此在後方的牧場上，鵪鶉可以在牠鼻頭前拍著翅膀而平安無恙。不論多麼的熱切渴望、躍躍欲試，牠都克制住自己的本能，站定不動。牠是在遵守神的旨意。

然後有一天，再次來到後方的牧場，牠看到迪克驚動了一隻長耳野兔並且開始追逐。主人也在一旁觀望，而且並沒有干預。不只如此，他還鼓勵白牙加入追逐。於是白牙知道對於野兔並沒有任何禁忌。最後牠終於弄懂這些規則。牠與所有馴養的動物之間不可以存有敵意；就算不能和睦相處，至少也得保持中立。至於其他的動物——松鼠、鵪鶉和白尾兔——都是未曾效忠人類的野生動物，任何的狗都可以獵捕牠們。神只保護馴服的動物，牠們之間不允許有致命的衝突。神對動物握有生殺大權，而且小心維護著這個權力。

度過北方純樸的日子後，在聖塔克拉拉谷的生活顯得難懂許多。在這錯綜複雜的文明世界裡，最重要的是自我克制與約束——這是一種既要薄如蟬翼又要堅如鋼鐵的自身平衡。生活中有千百種面貌，白牙發現自己全都要應付。因此當牠前往聖荷西鎮上，無論是追著馬車奔跑，或者馬車停下來後在街上閒逛，深邃、廣闊而多變的生活在身邊川流不息，一直衝擊牠的感官，不斷促使牠立刻調適與回應，而且總是迫使牠壓抑本能的衝動。

肉舖裡掛的肉伸手可得，但是牠不能碰。主人造訪的屋子裡有貓，也不能找牠們麻煩。到處都有狗對牠狂吠，依然不能攻擊牠們。還有，在熙來攘往的人行道上，數不清的人被牠所吸引。他們停下腳步看著牠，對牠指指點點，對牠說話和測試，最糟的是還會拍撫牠。所有來自這些陌生手的危險觸摸，牠都必須忍耐。但是牠做到了，而且還克服彆扭尷尬，以一種巍巍風範接受來自無數陌生神的關注，屈尊地接受他們獻上的慇勤。此外，牠有一種令人不敢放肆的氣息。人們只要輕拍、撫摸牠的頭，就心滿意足地爲自己大膽的舉動感到高興。

不過白牙並非可以從容應付所有的情況。追著馬車跑過聖荷西郊區時，經常遇到一群小孩朝牠扔擲石頭。牠知道不能去追趕或撞倒他們，只能被迫違抗自我防衛的本能，而且的確這麼做了。因爲牠正逐漸馴化，讓自己符合文明世界的要求。

然而，白牙對於這樣的情形並不滿意。牠沒有關於正義與公平這類的抽象概念，但卻有某種與生俱來的平等意識，就是這種意識讓牠對於不得抵抗丟石頭小孩的不公平待遇感到憤慨。牠已經忘了與神的契約中，他們誓言對牠的照料與保護。不過有一天，主人從馬車跳下來，拿著皮鞭把丟石頭的小孩痛打一頓。他們從此之後再也沒有丟石頭，白牙心裡明白，而且感到滿意。

白牙還有另一次相似的經驗。在進城的途中，座落在十字路口的酒吧附近總有三隻狗在閒蕩，白牙經過時經常朝牠飛撲而來。主人深知白牙致命的格鬥方式，所以一直對牠強調不許打鬥的規矩。結果白牙謹守規矩，每次經過路口的酒吧都會吃足苦頭。遭受第一次衝撞後，白牙每次都以咆哮斥退那三隻狗，但是牠們依然尾隨在後，不斷對牠狂吠、侮辱。這種情況持續了一段時間，酒吧裡的人甚至開始慫恿那些狗去攻擊白牙。有一天，他們公然唆使三隻狗發動追擊，於是主人停下馬車。

「上吧！」牠對白牙說。

但是白牙不敢置信。牠望一望主人，又看看那些狗。接著再轉過頭，用渴切探詢的眼神看著主人。

主人點點頭。「上吧，好傢伙，修理牠們！」

白牙不再猶豫。牠轉身過去，無聲無息地衝進敵陣，三隻狗都面朝向牠。接著傳來激烈的咆哮與狂吼，伴隨著牙齒鏗鏘的碰撞聲，以及狂暴扭打的身影。馬路上掀起的一陣沙塵遮蔽了戰況。但是幾分鐘後，兩隻狗躺在塵土中掙扎，第三隻飛竄而去。牠躍過溝渠，鑽過柵欄，逃進一片田野。白牙緊追在後，牠以狼的方式與速度，悄然無聲地迅速劃過地面，在田野中央撲倒對方，將牠殺死。

一次殺掉三個對手後，牠與狗之間的大麻煩已經不復存在。消息傳遍整個山谷，人們都記得要自己的狗別去招惹這匹戰狼。

第四章　同類的呼喚

幾個月過去了，在食物豐裕又不需要工作的南方，白牙心寬體胖，日子過得相當愜意。牠不僅身處南方的土地，而且過著南方的生活。人類的和善猶如灑在身上的陽光，牠就像種植在肥沃土壤上的花朵般盡情綻放。

然而白牙與其他的狗還是有差別。牠甚至比在南方長大的狗更瞭解規矩，觀察更細微；不過依然看得出牠潛在的兇猛，就像野性仍舊逗留在身體裡面，狼的個性只是暫時休眠。

牠從來不會與其他的狗交朋友。就同類而言，牠一向是過著孤獨的生活，而且勢必繼續如此。從幼年開始，歷經利嘴和小狗群的欺凌，又度過在帥哥史密斯手下的打鬥日子，牠對狗產生牢不可破的反感。牠的生命偏離了自然的方向，忠於人類卻躲避同類。

此外，所有的南方狗都對牠有所猜忌。牠喚醒了牠們心中對於野性的畏懼本能，總是對牠報以咆哮、狂吠和充滿憎恨的敵意。另一方面，牠也學會不必用到牙齒去對付牠們，只要齜牙咧嘴一番就相當有效，幾乎都可以使那些迎面狂吠而來的狗乖乖坐下。

但是白牙生命裡的一大考驗便是可麗。她從來不給白牙片刻安寧，也不像牠那麼守規矩。她抗拒主人所有的努力，絕不對白牙表示友好。白牙耳裡聽到的盡是她尖銳而又激動的咆哮。她一直不原諒白牙殺死雞的那件事，而且堅信牠始終心懷惡意。她在白牙行動前就發現牠的意圖，因此將牠視爲罪犯。可麗成了白牙的剋星，只要牠徘徊在馬廄或獵犬附近，她就像警察一樣跟蹤牠。甚至牠只是好奇對鴿子或雞多瞥一眼，可麗便會驟然爆出怒吼。白牙最愛採取漠視她的方式，就是把頭放在前掌上，趴下來裝作睡覺，這麼一來總是可以讓對方立刻住嘴。

除了可麗，白牙事事都順心。牠學會自制與鎮定，而且也知道規矩。牠可以保持穩重、平靜，以及處之泰然。牠不再是處於充滿敵意的環境，四周不再埋伏著危險、傷害與死亡。每當未知就像可怕、威脅的事物般步步近逼，也都會即時退去。這種生活輕鬆而安逸，日子在平穩順暢中度過，沒有恐懼，也沒有仇敵。

不自覺中，牠開始思念起雪地。假如牠有思維，一定會這麼想：「眞是個漫漫長夏。」不過牠不會思考，只是在模糊的潛意識裡想念雪地。同樣地，特別是在酷熱的夏日，當牠被烈日曬得受不了時，更會隱約渴望著北方。然而，這些感覺對牠造成的唯一影響，是讓牠產生莫名的不安與煩躁。

白牙一向都不善於流露感情。除了緊緊依偎對方以及在低吼中發出輕哼，牠沒有辦法表達自己的愛意。不過現在卻讓牠發現了第三種方式。牠對於神的笑聲總是相當敏感。笑聲會刺激牠發狂，使牠暴怒不已。然而牠不能對親愛的主人發怒，當主人用善意、逗弄的方式取笑牠時，總讓牠陷於困窘。牠可以感受到往日錐心刺骨的憤怒再度湧起，但是這股怒氣卻與愛相牴觸。牠不能生氣，不過總得做些什麼才行。白牙一開始表情嚴肅，主人卻笑得更大聲。牠努力表現得更嚴肅，主人又笑得更加厲害。最後，主人笑到讓牠放棄堅持。白牙稍稍張開雙顎，嘴角微微上揚，眼神透露出愛意的一臉滑稽模樣。牠學會了笑。

此外，牠也學會與主人一起嬉鬧，被推倒在地上翻滾，成爲無數次惡作劇的對象。牠會假裝生氣，兇狠地豎毛、狂吼，兩排牙齒猛然一合，一副惡毒的模樣。但是牠從來沒有得意忘形，嘴巴都是對著空氣咬。經過一陣持續而狂熱的鬥毆、掌摑、撲咬和咆哮後，他們會冷不防地中斷嬉鬧，相隔幾呎怒目相視。接著，就像狂風暴雨的海面突然升起燦爛的豔陽，他們笑了起來。最後主人總會伸手摟住白牙的脖子和肩膀，而牠則是輕哼低吼著愛的曲調。

但是其他人都不曾與白牙嬉鬧，牠不允許如此。牠要保持自己的威嚴，只要有人企圖和牠玩耍，必然會遭遇牠無情地狂吼示警。牠允許主人這些特權，並不代表著自己就變成普通的狗一般，見一個愛一個，每個人都可以與牠嬉戲爲樂。牠唯獨鍾情一個人，並不打算貶抑自己的愛。

主人經常騎馬外出，伴隨同行成了白牙生活中主要的職責之一。在北方時，牠賣力拖著雪橇來表示忠誠，但是南方沒有雪橇，狗也不需要背負重擔。所以牠改以新的方式表現忠誠，就是陪伴著主人的馬奔馳，跑得再久也不會讓牠疲乏。牠是用狼的方式奔跑，平順、輕鬆而毫不費力，跑了五十哩後還可以神氣活現地領在馬匹前面。

由於主人騎馬，白牙又有了另一種表達感情的模式——牠在一生中只做過兩次。第一次是主人在教一隻生氣勃勃的純種馬，如何讓騎士不用下馬便能開關柵門。主人一次又一次將馬騎到柵欄旁試圖關上門，馬一靠近門邊就會害怕、退縮，然後掉頭跑走，而且愈加不安和激動。當牠仰身懸蹄時，主人踢蹬馬刺要牠放下前腳，馬卻開始猛踢後腳。白牙愈看愈著急，最後忍不住衝向馬前，兇狠吠叫以示警告。

雖然白牙此後經常試著想用叫聲表達，主人也鼓勵牠，不過只成功過一次，而且還是主人不在身邊的時候。這情況之所以會發生，全是因爲這匹馬疾奔在牧場上，一隻長耳兔在馬腳下突然竄出，主人在一個急停顛躓下摔落地面，跌斷了一條腿。白牙怒火中燒，衝向倒地馬匹的喉嚨，卻被主人的聲音制止。

「回家！快回家！」主人確認自己的傷勢後命令牠。

白牙不願意離開牠。主人想要寫張紙條，但是摸遍口袋卻找不著紙筆。他再次命令白牙回家。

白牙憂慮地望著主人，跑了幾步又回到原地輕聲嗚咽。主人溫柔但嚴肅地對牠說話，白牙豎直耳朵用心聆聽。

「沒有關係，老兄，回去家裡就是了，」他說：「回去告訴他們我發生了什麼事。回家，你這隻狼，快回家！」

白牙知道「家」的意思，雖然不懂主人其他的話語，但是牠知道主人的意思是要自己回家。牠不甘願地轉身小跑幾步，又猶豫不決地停下來回頭望著主人。

「快回家！」主人高聲命令，這次牠聽話了。

白牙回到家時，一家人正在門廊上納涼。牠滿身沙塵，氣喘噓噓地衝進他們之間。

「威登回來了。」主人的母親說。

孩子們興高采烈地呼喊著跑向白牙。牠避開孩子直往門廊走去，卻被牠們困在一張搖椅和欄杆之間。白牙大聲吼叫，企圖從牠們中間擠過去。孩子的母親憂心忡忡地看著他們。

「老實說，牠在孩子身邊時總讓我感到緊張。」她說：「就怕有一天，牠會出其不意地攻擊他們。」

白牙大吼著衝出角落，把兩個孩子撞倒。母親把孩子叫到身邊安撫他們，告訴他們不要招惹白牙。

「狼就是狼！」史考特法官評斷說：「沒有一隻可以信任。」

「但是牠不全然是狼。」貝絲插嘴，爲不在場的哥哥辯護。

「妳全聽威登的一面之詞。」法官反駁：「他只不過是推測白牙身上有某些狗的血緣；但是就像他自己說的，他對此事根本也一無所知。至於牠的外表……」

法官還沒有說完，白牙就跑到他面前兇猛狂吼。

「走開！你，趴下！」史考特法官喝令說。

白牙轉向親愛主人的妻子。牠用牙齒咬著裙擺，直到脆弱的布料都被撕裂，把她嚇得放聲尖叫。這下子，牠成了眾人注目的焦點。

牠停止嗥叫，站定身子，抬起頭來望著他們的臉龐。牠的喉嚨斷斷續續振動著，卻沒有發出聲，同時又使盡全力，顫抖著身體想要掙脫無法表達某件事情的困境。

「希望牠不是發瘋了才好，」威登的母親說：「我早就跟威登說過，溫暖氣候恐怕不適合極地動物。」

「我相信牠是試著要說些什麼。」貝絲宣稱。

這時候白牙衝口而出，猛然吠了一聲。

「威登出事了。」他的妻子斷然說道。

大夥全站了起來，白牙跑下階梯，回頭望著人們，要他們跟上。這是牠在一生中的第二次，也是最後一次用吠叫聲讓別人明白牠的意思。

經過這件事後，牠發現謝拉維斯塔的人們對自己更有好感，甚至被牠咬傷手臂的馬伕都承認，雖然白牙像匹狼，但也應該是隻聰明的狗。只有史考特法官堅持己見，在家人不平的聲浪下依舊引據百科全書和許多博物學著作的描述來判定。

日復一日地，陽光照耀在聖塔克拉拉谷。但是當白晝變得愈來愈短，白牙在南方的第二個冬天來臨時，牠發現一件奇怪的事。可麗的牙齒咬在身上不再那麼凌厲，反倒像是頑皮的含咬，動作溫和得深怕眞的傷害到對方。牠忘卻了可麗曾爲自己的生活帶來多大負擔。當她在身旁嬉戲時，白牙會認眞給予回應，努力表現出玩耍的樣子，結果卻是一副滑稽的模樣。

有一天，可麗引領著牠展開一場漫長的追逐，穿過後面的牧場跑進樹林。白牙知道那天下午主人要騎馬出去。馬披好馬鞍站在門口等候，白牙躊躇了一會兒。但是在牠內心深處有某樣東西，超越了所有學到的規矩，超越了將牠塑形的習性，超越了對主人的愛，也超越著自我的求生意志；接著在牠猶豫不決的時候，可麗咬了牠一口然後跑走，白牙轉身追隨在後面。那天，主人獨自騎著馬；在樹林中，白牙與可麗肩並肩地奔跑，宛如許多年前，牠的母親姬雪和老獨眼在北方寂靜森林的景象。

第五章　沉睡的狼

大約就在這個時候，報紙上大幅報導一名罪犯從聖昆丁監獄大膽逃亡的消息。他是一個野蠻的傢伙，生來就是個粗漢；先天的資質不佳，環境對他的陶冶也沒什麼幫助。社會之手相當嚴苛，這人便是它製造出來的明顯樣本。他是個禽獸——沒錯，一個人面獸心的傢伙，他的可怕只能用毒蛇猛獸來形容。

關進聖昆丁監獄後，事實證明他無藥可救，懲罰也不能挫他銳氣。他可以悶不吭聲面對死亡，也可以爭鬥到最後一刻，就是不願活生生的被擊倒。他爭鬥得愈兇惡，社會對他就愈冷酷，結果只是讓他變得更為殘暴無情。束縛、挨餓、拳毆、棒打，對吉姆．霍爾而言都是錯誤的處置；然而他受到的就是這般的對待。

從他還是個住在洛杉磯貧民窟的小孩，等待社會之手將他捏塑成形的時候，他遭受的待遇便是如此。

吉姆．霍爾第三次坐牢的期間，遇見一名跟他一樣兇殘的獄吏。這個獄吏對他相當不公平，不但在典獄長前誣告他、破壞他的名譽，又處處找他麻煩。他們之間唯一的差別是獄吏帶了一串鑰匙和一把左輪手槍。吉姆．霍爾只有赤手空拳和一口牙齒。然而有一天，他撲向獄吏，如同叢林野獸般用牙齒咬向對方喉嚨。

此後，吉姆．霍爾被送進慣犯的牢房，整整關了三年。這個牢房的地板、牆壁和天花板都是用鐵打造的，他從未離開這間牢房，也未曾看到天空或太陽。白天時微光暗淡，到夜晚則是一片漆黑死寂。他被活埋在一座鐵墓裡，見不到任何一張臉，也不能對任何人說話。當食物被推進牢房裡時，他就像野獸般厲聲咆哮。他痛恨所有事物，可以連續好幾個晝夜對這世界吼出滿腔憤怒。他也會接連幾個星期、甚至幾個月不發一語，在黑暗中默默啃蝕自己的靈魂。他是個人，也是個怪物，就像某個瘋子腦袋裡胡言亂語的幻覺一樣可怕。

然後，在某個晚上，他逃走了。典獄長說這是不可能的，但是牢房空空如也，只看到一名獄吏的屍體一半在內、一半在外地倒臥在牢房門口。另外兩個獄吏的陳屍處顯示他穿過監獄逃往外牆的路徑，他徒手打死他們以免引起喧鬧。

他殺害獄吏後帶走他們身上的武器——一個逃往山裡的活動彈藥庫，被社會動員起來的廣大力量在後面追逐。一大筆獎金懸賞著他的人頭。農夫貪婪地拿起散彈槍搜尋他的行蹤，殺死他足以償還貸款或者送一個孩子上大學。熱心民眾則是取下來福槍加入追捕行列。一群獵犬跟蹤他流血的足跡。還有法界偵探、償金獵人，利用電話、電報和特別的策略，日以繼地緊追他的行蹤。

有時這些人偶然發現了吉姆，他們英勇迎敵或者鑽過鐵絲籬笆落荒而逃的消息，成了人們在早餐桌上閱讀報導的娛樂。經過幾次正面遭遇後，追捕的人非死即傷，陸續被送回鎮上，其他熱中於緝凶的人立刻替補上他們的位置。

然後，吉姆・霍爾的行蹤就此消失。獵犬徒勞尋找著失去的蹤跡。偏僻山谷裡無辜的牧場工人經常被武裝人士攔住，強迫他們證明自己的身份。一些貪婪的人分別聲稱在十多處山坡地發現吉姆、霍爾的遺體，要求領取賞金。

就在這段時間，謝拉維斯塔的人們也在閱讀報紙上的消息，他們的焦慮勝過好奇。婦女們感到很害怕。史考特法官對此嗤之以鼻、一笑置之，但是他們的害怕並非沒有道理，因爲在法官退休前不久，吉姆．霍爾才站在他面前聆聽判決。在公開的法庭上，吉姆．霍爾當著眾人的面宣稱總有一天會向判決他的法官復仇。

就這一次，吉姆．霍爾是無辜的。他沒有犯罪卻被判入獄。依照小偷們和警察的黑話，這是「草草結案」的一次訴訟。吉姆．霍爾因爲自己沒有犯的罪而被「草草結案」送入監獄。因爲有兩次前科的背景，史考特法官判決他十五年的徒刑。

史考特法官並不知道實情，也不知道自己成了警察陰謀的一角，更不知道自己手中拿到的是捏造的證據，事實上吉姆．霍爾並沒有做出被指控的罪行。另一方面，吉姆．霍爾也不曉得史考特法官並不知情，他堅信法官明白整個內幕，並且勾結警方做出這個不公平的審判。所以一聽到史考特法官宣判他十五年生不如死的晦暗命運，痛恨社會苛待自己的吉姆．霍爾立刻站起來當庭咆哮，直到被五、六名穿著藍外套的法警拖出法庭。對他而言，史考特法官是整起不公平事件的關鍵角色，所以他把怨氣都指向法官身上，並且威脅將來一定會報復。於是吉姆．霍爾被關入監牢……然後越獄逃亡。

白牙對這件事一無所悉。但是牠與主人的妻子愛麗絲間有一個祕密。每個晚上，當謝拉維斯塔的人們都就寢後，她會起床去開門，讓白牙進來睡在大廳。白牙現在不是看門犬，牠不被允許睡在屋子裡。因此每到清晨，她又趁著家人還沒醒過來前溜下樓放牠出去。

就像這樣的一個晚上，屋子裡的人都熟睡後，白牙醒來靜靜趴著。牠悶不吭聲地嗅著空氣，發現一個陌生神的味道。牠的耳朵聽見這個人在移動的聲音。白牙驟然警覺卻沒有嗥叫，那不是牠的作風。那個人躡手躡腳地走著，但是白牙走得比他更輕盈，因爲牠不會發出衣服磨擦肌膚的聲響。牠靜悄悄地跟在後面。在荒野裡，牠曾追捕過極易受到驚嚇的活生生獵物，因此深知出其不備的優勢。

陌生的神停在主樓梯下仔細聆聽，白牙動也不動，所以對方看不出有任何動靜。走上樓梯便會通往親愛主人和主人珍貴的擁有物。白牙豎直了毛髮，但是按兵不動。陌生的神抬起腳步，開始往上走。

這時候白牙發動攻擊。牠沒有發出警告，不會大吼一聲預示自己的行動，而是直接躍向空中，撲在陌生的神背上。白牙用前掌緊緊抓住那個人的肩膀，同時將牙齒深深咬進他的後頸。牠緊抓不放，將那個人向後拖倒，雙雙摔在地板上。白牙跳了開來，趁那個人掙扎起身的時候，再次用牠的利牙猛攻。

謝拉維斯塔的人們被驚醒，樓下傳來的吵鬧就像二十多個惡魔在打架。幾聲手槍擊發的聲響，一名男子驚恐憤怒的叫喊，狂猛的咆哮與怒吼，還有不時響起撞擊傢俱、打碎玻璃的聲音。

這場騷動來得突然，卻又戛然而止，整個打鬥過程不超過三分鐘。驚魂未定的家人們聚集在樓梯上方。樓梯下，一陣彷彿氣泡冒出水面的咕嚕聲從黑暗中傳來，有時候還夾雜著像似口哨的吁聲。但是這聲音很快就轉弱而停止。接著，在一片漆黑中，只剩下某個生物痛苦掙扎的沉重喘息。

威登・史考特按下開關，整個樓梯和樓下立刻燈火通明。他與史考特法官手裡握著左輪手槍，小心翼翼地走下樓梯。其實不須如此警戒，白牙已經完成牠的工作。在那一片傾倒損毀的傢俱中間，一名男子手臂遮住臉側躺在地上。威登・

史考特將他翻過身來，移開手臂露出臉孔。深深撕裂的喉嚨說明了他的死因。

「吉姆・霍爾。」史考特法官說，同時父子意味深長地互相看了一眼。

然後他們轉向白牙。牠也是側躺著，雙眼緊閉。但是當他們俯身探視時，白牙努力稍微撐開眼皮看了他們，而且可以感覺到牠使盡力氣想要搖搖尾巴。威登・史考特撫摸白牙，牠的喉嚨也發出回應的低吼，不過卻是非常虛弱的低吼，而且很快就停止。牠的眼皮垂下，最後合上，整個身體似乎完全鬆弛平躺在地板上。

「牠不行了，可憐的傢伙。」主人低聲說。

「我們得想想辦法。」法官堅決表示，同時走向電話。

「老實說，牠只有千分之一的機會。」外科醫生對白牙進行一個半小時的治療後這麼說。

窗戶透進晨光，使得燈光不再耀眼。除了兩個小孩，全家人都聚集著聽取醫生的診斷。

「一條後腿骨折，」醫生繼續說：「斷了三根肋骨，其中一根刺穿了肺。他身上的血幾乎流光，而且很有可能還有內傷。牠一定是被用力踩過。更別說還有三個貫穿身體的彈孔。千分之一的機會算是樂觀了，實際上還不到萬分之一的機會。」

「但是牠不能失去任何有所幫助的機會，」史考特法官喊著說：「別管花費多少，給牠照個X光什麼的。威登，立刻打電話給舊金山的尼可拉斯醫生。你明白的，醫生，我無意冒犯；但牠一定不能放過任何機會。」

醫生和藹地笑著說：「我當然明白。牠值得一切爲牠所做的努力。你們必須像照料人一樣照料牠，就像一個生病的小孩。還有，不要忘了我告訴你們的，要注意溫度。我會在十點鐘時回來一趟。」

白牙受到悉心照顧。史考特法官建議要找個訓練有素的護士，卻被女兒們斷然拒絕，她們要親自擔負這個任務。而白牙也爭取到連醫生都不敢指望的那萬分之一的機會。

這樣的結果並不能指責醫生的誤判。他在生涯中照顧、救治的都是文明世界的柔弱人類，他們世世代代受到保護，過著庇護周全的生活。和白牙比較起來，他們顯得虛弱單薄，沒有一絲力氣可以抓緊自己的生命。白牙來自於荒野，在那裡弱者必定早早夭折，大地也沒有恩賜任何庇護。不僅牠的父親或者母親都不是弱者，就連牠們之前的世世代代也都不是弱者。白牙繼承了鋼鐵般的體格與荒野的活力，於是牠全身上下的每一部分，無論是精神上或肉體上，都以所有生物固有的頑強緊緊抓住生命。

白牙被打了石膏和纏上繃帶，像被捆綁的犯人一樣完全無法動彈，就這樣消磨了好幾個星期。牠睡了很長的時間，夢境頻頻，腦海裡不斷掠過北方壯麗的景象。往日幻影相繼浮現，與牠相伴相隨。牠再一次與姬雪住在狼窩；顫抖著身軀爬向灰鬍子表示忠誠；在利嘴和整群叫囂的小狗前奔跑逃命。

牠再度穿越一片死寂，在歷時數月的饑荒中追尋獵物；牠又領著雪橇隊伍向前奔跑，米沙與灰鬍子在後面揮舞著皮鞭，當他們行經一道狹窄的隘口時高喊著：「拉！拉！」，隊伍像收合的扇子般聚攏通過。牠回到與帥哥史密斯一起生活的日子，再次參與了每一場的打鬥。每當此時，牠便在夢中啜泣、咆哮，人們見狀都說牠在作惡夢。

但是有一個夢魘讓他覺得特別難受——叮叮噹噹、鏗鏘作響的電車怪物，對牠而言就像高聲尖叫的巨大山貓。那個景象是發生在牠趴在灌木叢中，等待松鼠大膽離開樹上的藏身處來到地面時。然後，當牠撲向松鼠時，松鼠卻變成一輛危險又恐怖的電車，像座山似的聳立在面前，嘰嘰喳喳發出尖叫，對牠噴出火焰。當牠挑釁從空中飛下來的老鷹時，也是一樣的情形。老鷹從藍天俯衝而下，快撲到牠時就會變成那無所不在的電車。或者，牠會回到帥哥史密斯的圍欄裡。圍欄外人潮聚集，牠知道一場打鬥即將開始。他望著柵門，等待對手入場。接著柵門打開，向牠衝過來的竟然是那可怕的電車。這個夢魘出現了千百次，激起的恐懼一次比一次更鮮明、更巨大。

終於有一天，最後的石膏與繃帶都被拆除。這是值得慶賀的日子，所有謝拉維斯塔的人們都聚集到牠身邊。主人揉著牠的耳朵，而牠哼唱著愛的低吼。主人的妻子叫他「聖狼」，這個稱呼得到眾人的喝采，婦女們紛紛叫他聖狼。

白牙想要站起來，經過幾次嘗試後，還是因爲太虛弱而倒下去。牠已經躺太久，肌肉失去靈活度，所有的力量也消失了。牠爲自己的虛弱感到羞愧，好像虧欠了這些神對自己的幫助。因此牠孤注一擲地奮力再起，最後終於搖搖晃晃地蹣跚立起四隻腳。

「聖狼！」婦女們齊聲喊道。

史考特法官得意揚揚地看著她們。

「總算是從妳們口中說出來了，」他說：「我一向的堅持是對的。假如牠只不過是一隻狗，絕不可能做到。牠是一匹狼。」

「一匹聖狼。」法官的妻子糾正他。

「對，一匹聖狼，」法官贊同：「從今以後，這就是我對牠的稱呼。」

「牠必須重新學著走路，」外科醫生說：「所以最好現在就開始。這對牠不會有傷害，帶牠出去吧。」

於是牠來到外面，在謝拉維斯塔人們的簇擁和服侍下就像一個國王似的。牠仍舊非常虛弱，來到草坪上便躺下來休息片刻。

接著隊伍繼續前進，由於運用到肌肉，血液也漸漸流通，白牙恢復了一些力氣。到了馬廄，可麗躺在門口，六隻矮胖的小狗沐浴在陽光下圍繞著她玩耍。

白牙驚奇地看著牠們。可麗咆哮著對牠發出警告，牠則是小心翼翼地保持距離。主人用腳趾將一隻蹣跚學步的小狗撥向牠。白牙狐疑地豎著毛髮，但是主人提醒牠說沒有關係。可麗被一名婦女緊緊摟住，謹慎地盯著牠，還發出一聲咆哮，警告牠這關係可大著呢。

小狗爬到白牙的面前，牠豎直耳朵，好奇地瞪著牠看。然後牠們互相碰了碰鼻子，然後牠感覺到小狗溫暖的小舌頭舔在自己下顎。白牙伸出自己的舌頭，不知所以然地舔起小狗的臉。

人們對這一幕響起歡呼的掌聲。白牙感到十分驚訝，迷惑地看著他們。此時再度感到疲累，於是牠躺了下來，豎起耳朵撇頭望著那隻小狗。其他的小狗也一隻隻爬向牠，這讓可麗非常氣憤；牠則是鄭重其事地讓小狗在自己身上攀爬、翻滾。剛開始，在眾神的喝采聲中，牠顯露出少許慣有的靦腆與尷尬表情，後來在小狗持續的胡鬧嬉戲下也就消失了。白牙半闔著充滿耐性的眼睛，在陽光下打起盹來。

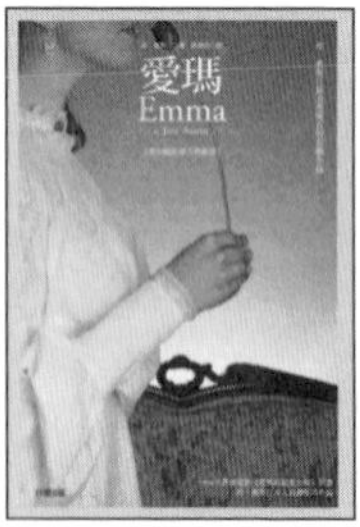

04

愛瑪
Emma

珍・奧斯汀／著　林劭貞／譯
定價390元

珍・奧斯汀最浪漫純真的喜劇小品

1996年賣座電影《愛瑪姑娘要出嫁》原著／珍・奧斯汀本人最鍾愛的作品

一位愛管閒事的望族千金墜入一場邱比特的惡作劇，驀然回首、那人卻在燈火闌珊處的浪漫，永不褪色！！

05

曼斯菲爾德莊園
Mansfield Park

珍・奧斯汀／著　高子梅／譯
定價390元

珍・奧斯汀最廣受討論的名著［附30幅珍貴古典插畫］

十九世紀英國上流社會的最佳縮影／1999年電影《窈窕野淑女》改編原作／2007年英國獨立電視台（ITV）同名影集原著

兩小無猜的表兄妹之戀，受一對貴族男女的魅惑阻斷，洗鍊過後的情感彌足珍貴。

06

諾桑覺寺
Northanger Abbey

珍・奧斯汀／著　簡伊婕、伍晴文／譯

珍・奧斯汀最幽默諷刺的驚悚之作

2012年5月預定推出

國家圖書館出版品預行編目資料

白牙 / 傑克・倫敦著；林捷逸譯.
—— 初版. ——臺中市　：好讀, 2012.02
面：　公分，——（典藏經典；47）

譯自：White Fang

ISBN 978-986-178-228-7（平裝）

874.57　　100027317

好讀出版

典藏經典47

白牙

原　　著／傑克・倫敦
翻　　譯／林捷逸
總 編 輯／鄧茵茵
文字編輯／莊銘桓
發 行 所／好讀出版有限公司
台中市407西屯區何厝里19鄰大有街13號
TEL:04-23157795　FAX:04-23144188
http://howdo.morningstar.com.tw
（如對本書編輯或內容有意見，請來電或上網告訴我們）
法律顧問／陳思成律師

戶名：知己圖書股份有限公司
劃撥專線：15060393
服務專線：04-23595819 轉230
傳真專線：04-23597123
E-mail：service@morningstar.com.tw
如需詳細出版書目、訂書，歡迎洽詢
晨星網路書店 http://www.morningstar.com.tw

初版／西元2012年2月15日
初版二刷／西元2015年11月25日
定價：250元
如有破損或裝訂錯誤，請寄回知己圖書更換

Published by How-Do Publishing Co., Ltd.
2012 Printed in Taiwan

ISBN 978-986-178-228-7

讀者回函

只要寄回本回函，就能不定時收到晨星出版集團最新電子報及相關優惠活動訊息，並有機會參加抽獎，獲得贈書。因此有電子信箱的讀者，千萬別吝於寫上你的信箱地址

書名：白牙

姓名：＿＿＿＿＿＿＿ 性別：□男□女 生日：＿＿年＿＿月＿＿日

教育程度：＿＿＿＿＿＿＿＿＿＿

職業：□學生 □教師 □一般職員 □企業主管

□家庭主婦 □自由業 □醫護 □軍警 □其他＿＿＿＿＿＿＿＿＿

電子郵件信箱（e-mail）：＿＿＿＿＿＿＿＿＿＿ 電話：＿＿＿＿＿＿

聯絡地址：□□□＿＿＿＿＿＿＿＿＿＿＿＿＿＿＿＿＿＿

你怎麼發現這本書的？

□書店 □網路書店（哪一個？）＿＿＿＿＿＿＿ □朋友推薦 □學校選書

□報章雜誌報導 □其他＿＿＿＿＿＿＿＿＿＿＿＿＿＿＿

買這本書的原因是：＿＿＿＿＿＿＿＿＿＿＿＿＿＿＿＿＿

□內容題材深得我心 □價格便宜 □封面與內頁設計很優 □其他＿＿＿＿＿

你對這本書還有其他意見嗎？請通通告訴我們：

＿＿＿＿＿＿＿＿＿＿＿＿＿＿＿＿＿＿＿＿＿＿＿＿＿＿＿＿

你買過幾本好讀的書？（不包括現在這一本）

□沒買過 □1～5本 □6～10本 □11～20本 □太多了

你希望能如何得到更多好讀的出版訊息？

□常寄電子報 □網站常常更新 □常在報章雜誌上看到好讀新書消息

□我有更棒的想法＿＿＿＿＿＿＿＿＿＿＿＿＿＿＿＿＿＿＿

最後請推薦五個閱讀同好的姓名與E-mail，讓他們也能收到好讀的近期書訊：

1.＿＿＿＿＿＿＿＿＿＿＿＿＿＿＿＿＿＿＿＿＿＿＿＿＿＿＿

2.＿＿＿＿＿＿＿＿＿＿＿＿＿＿＿＿＿＿＿＿＿＿＿＿＿＿＿

3.＿＿＿＿＿＿＿＿＿＿＿＿＿＿＿＿＿＿＿＿＿＿＿＿＿＿＿

4.＿＿＿＿＿＿＿＿＿＿＿＿＿＿＿＿＿＿＿＿＿＿＿＿＿＿＿

5.＿＿＿＿＿＿＿＿＿＿＿＿＿＿＿＿＿＿＿＿＿＿＿＿＿＿＿

我們確實接收到你對好讀的心意了，再次感謝你抽空填寫這份回函

請有空時上網或來信與我們交換意見，好讀出版有限公司編輯部同仁感謝你！

好讀的部落格：http://howdo.morningstar.com.tw/

請填妥後對折黏貼，直接投郵即可，無須貼郵票。

廣告回函
台灣中區郵政管理局
登記證第3877號
免貼郵票

好讀出版有限公司　編輯部收

407 台中市西屯區何厝里大有街13號

電話：04-23157795-6　傳眞：04-23144188

沿虛線對折

購買好讀出版書籍的方法：

一、先請你上晨星網路書店http://www.morningstar.com.tw檢索書目或直接在網上購買

二、以郵政劃撥購書：帳號15060393 戶名：知己圖書股份有限公司並在通信欄中註明你想買的書名與數量

三、大量訂購者可直接以客服專線洽詢，有專人爲您服務：客服專線：04-23595819轉230 傳眞：04-23597123

四、客服信箱：service@morningstar.com.tw